COLLECTION VERT NUIT

HAAK

YANNICK KUJAWA

HAAK

Roman

Le bateau ivre

1.

Relever son masque de soudeur, souffler en gonflant les joues, un genou à terre devant la machine. Pas qu'on était ébloui dans l'usine mais fallait que les yeux se réhabituent. Retirer complètement le masque, déposer l'instrument, les gants, se frotter les yeux, se passer la main sur le visage, ça dégoulinait de sueur. Considérer les deux pans métalliques, le parfait assemblage. S'asseoir, tête appuyée contre la cuve, sans encore appeler le contremaître, il attendrait un peu celui-là, avant de remettre le système en marche, pas lui qui s'envoyait les fumées, les résidus de poussière, besoin d'une pause. Le temps de tousser un bon coup, de sortir le paquet de cigarettes, de porter le filtre de la blonde aux lèvres, déglutir profond, souffler la première taffe par le nez. Secouer la tête pour se débarrasser de cette image qui s'inscrivait dans le cerveau à force d'attention, à force tout court. Les journées étaient longues. Image de ce petit feu d'artifice sur fond noir que produit la soudure à l'arc, soleil blanc dont les étincelles jaillissent tout-à-trac pour venir mourir contre le masque, soleil bleu que j'excitais et contemplais et narguais, et dont il fallait se dégager de l'emprise, pour de nouveau revenir dans le monde des hommes, dans le monde des vivants.

Je restais là à rêvasser, à penser aux femmes qui s'affairaient à leur poste, dans l'autre partie du bâtiment, à la *casserie*, leurs silhouettes, à répéter toujours les mêmes gestes, préparer les lingots de sucre, pousser les lingots dans des grilles, emballer dans les cartons. Je traînais exprès dans leur coin, parfois, souvent. C'est que, vous comprenez, ces bras nus dans ces robes légères, serrées à la taille, les foulards sous lesquels étaient relevées les chevelures dont on devinait une mèche tombée sur le front, sur la tempe. Si je pouvais, oui, coller ma joue doucement, bouge pas, bouge plus, s'il te plaît, retenir sa respiration, comme ça, comme pour faire taire le vacarme de l'usine. Oui je resterais là, la joue collée à cette tempe à m'enivrer de ce geste vain, pour ensuite passer les bras au-dessus de ses épaules, je la serrerais contre moi pour enfin me griser d'une sueur de femme, pour tenter d'oublier les puanteurs mêlées du four à chaux, de l'acide sulfureux, des bacs de rétention où pourrissaient les déchets de betterave. Odeurs qu'on traînait jusqu'à la baraque, qui pénétraient nos vêtements, qui ne nous quittaient plus, dont on était imprégnés, on nous aurait tordu le corps il en serait sorti du jus, gorgés qu'on était, noyés, ouvriers comme contremaîtres.

Oui rester là contre elle, tout contre, chercher au plus profond de son cou, de sa peau, son odeur à elle, qui lui serait propre, m'engouffrer dedans comme on plonge dans la chair chaude et souple et tendre, et magnifique, enfin si elle voulait bien. La trouver elle sous le corps qui encore et vite claque les grilles contre les plaques de sucre, qui en fait de jolis morceaux, de ces morceaux qui après les avoir trempés dans le café passent les lèvres, et qu'on croque, qu'on laisse finir de fondre entre le palais et la langue juste avant de sortir de la baraque du camp et de sauter sur son vélo direction l'usine. Est-ce que tu veux bien ? La respirer encore et encore, dans sa lumière fleurie, la trouver elle, si elle laissait faire serait possible de me retrouver moi, qui sait ? Elle aussi serait désarmée, elle aussi se sentirait perdue, ne saurait plus quoi faire de ses bras, de ses épaules, le soir, chez elle, après une journée de gestes répétés, après les tâches chronométrées. Trop souvent elle serait restée là, au beau milieu de la salle-à-manger, les mains croisées sur son ventre, dis que tu veux bien, de mes mains sur ta taille, elles glisseraient jusqu'à ta cambrure, j'enfouirais ma tête dans ta chevelure, on partagerait nos solitudes, qu'elles se caressent, qu'elles se fondent l'une dans l'autre je le veux, Wanda.

Je m'étais déjà trouvé à marcher à côté d'elle, à la sortie de l'usine, qui discutait avec une camarade, tout en remettant son foulard, ses yeux bleus, durs et rieurs, un petit oiseau, son pas leste, sa cheville sautillante, son air de savoir où elle allait, et pas seulement parce que le train n'attendait pas, que fallait pas tarder. Elle parlait polonais, parfois français, d'un français qui chuintait et qui roulait les « r ». Un visage maigre déjà, bien que la quarantaine, un peu moins. Les pommettes saillantes, les yeux creusés un peu. Il y avait tant de gaieté chez elle, ses phrases s'envolaient, montaient dans les aigus sans qu'on s'y attende, elle ne laissait pas sa voisine finir ses phrases, ses mots éclataient. Elle riait main sur la bouche, le fou-rire la prenait, elle reprenait son souffle, posait la main sur une épaule, souriait, d'un geste vif remontait les sangles de son sac, d'un coup interpellait, criait pour inviter à se souvenir de quelque chose, d'un rendez-vous convenu, d'un service à rendre.

Elle est montée dans le wagon sans même avoir prêté attention à ce camarade qui, benêt, la suivait dans cette foule, au lieu d'aller récupérer son vélo pour rentrer. Je n'avais même pas essayé d'attirer son regard, mais, que voulez-vous, il aurait fallu oser, monter dans le train, me glisser à côté d'elle, essayer mon français, cacher mon accent. Les wagons ont fini de s'éloigner dans les champs, deux rangées de rails bêtement posés sur le ballast, là-bas, à l'aiguillage, feignaient de se croiser, entre les traverses de bois se balançaient de mauvaises herbes. Restait un type qui, sur le quai, faisait mollement demi-tour, saluant au passage, d'un mouvement vague de la main, le chef de gare, dont le regard semblait vouloir me rappeler que les hommes comme moi n'avaient pas à traîner ici, que les hommes comme moi après le travail devaient sans tarder retourner aux baraquements.

Notre place n'était pas auprès des Français, on nous avait assez vus dans les rues, dans les commerces, dans les bistrots. Que tu pourrais courir après une femme d'ici, quand bien même une femme d'origine polonaise, pas la peine d'y penser mon petit. Oublie-la ta petite Polonaise, oublie toutes les femmes du pays. Ici certaines choses ne seront jamais permises à des hommes comme toi. Pourquoi avoir décidé de rester ? Ne pas être rentré chez toi ? Tu serais mieux chez toi. Oublier cette femme comme tu as oublié cette autre, pour qui tu avais un faible, qui avait tout compris de ton désir. Souviens-toi, chaque jour elle attendait que ton regard s'attarde entre les étagères, souviens-toi comment ça te faisait bizarre de fouiller le regard de cette Française qui tout le jour pose encore l'un à côté de l'autre ces pains de sucre sur les étagères qui s'étalent sur des dizaines de mètres. Pourquoi n'as-tu plus traîne par-là sauf quand tu y étais obligé ? Pourquoi avoir abandonné ce projet d'aller la caresser contre le grand mur de briques rouges, derrière les saules ? Explique-moi. Elle n'attendait que ça. Tu lui plaisais bien, si tu savais quels projets elle avait pour vous. Elle devait avoir les cuisses si douces, l'haleine légère, mais qu'importe.

Tu l'avais senti d'instinct, nous n'aurions jamais toléré votre union. Elle t'était défendue, entre toi et elle, entre tes semblables et nous, une frontière qui ne se trouve sur aucune carte, elle est dans nos têtes, dans la tienne, dans la mienne, bien dessinée, évidente, dressée. C'est cette frontière que tu reconnaissais dans ces murs de pains de sucre, dans ces formes oblongues stockées selon un intervalle régulier et comme répétées à l'infini. Avoue tu y pensais. Tu pensais à des obus. Vrai que la ressemblance est flagrante, aussi flagrante que dérisoire, grotesque. Car, enfin, rien que des pains de sucre qui attendent d'être emballés, bien sûr que c'est grotesque. Mais enfin toi comme moi, ici tout le monde y pense. Moi qui ne les ai pas sous les yeux à longueur de journée, dont le métier est de surveiller ce quai, le trafic des trains d'ouvriers et de marchandises, j'y pense. Tu vois Haak, bien qu'on ne dise rien, tous nous songeons à ces armes d'un autre calibre, bien supérieur, grâce auxquelles les Anglais avaient pilonné les gares du coin. Ça dégringolait depuis les bombardiers, sifflait crescendo dans l'air jusqu'à l'explosion, éboulements, souffles, vitres des maisons brisées, cris d'enfants, coupures au visage. Ils voulaient tout raser les Anglais. Pour que les Allemands se retrouvent sans rien, sans ravitaillements, ni armes, ni bouffe, sans rien. Pour qu'on en finisse avec vous, avec tout ce bordel, quand bien même les civils, les quartiers ravagés. Alors oublie-la ta petite Polonaise. Quoi que tu fasses, tu serais l'homme le plus généreux, le plus honnête qui soit, le meilleur je te dis, à cette femme tu n'aurais pas droit, elle te resterait interdite.

Alors se relever, écraser sa cigarette au pied de la cuve, gueuler un coup en direction du contremaître, il devait bien être dans le secteur. Il apparaît, marche rapide, mains dans le dos, le dos droit, satisfait d'entendre qu'on puisse enfin remettre le système en marche. La charnière principale, celle de l'un des diffuseurs, va finir par lâcher, se fendre complètement, question d'heures, on serait alors bien emmerdés. Je dois réparer ça sans tarder, que moi de disponible, allez dépêche-toi, embarque ta bonbonne et le reste. J'arrive devant la grosse marmite, les fines lamelles de betterave descendent depuis la gouttière. Le couvercle redressé, un diffuseur c'est haut comme un homme. Jacques est en train de remuer ce qui tombe, il finit de tasser avec les mains, ça déborde. Je me penche pour examiner l'état de la charnière, Jacques me regarde comme il m'a toujours regardé. Je lui fais remarquer que la prochaine fois ce serait mieux de ne pas attendre avant de signaler un problème. Il me rembarre, il connaît son métier, j'ai pas à la ramener, on n'a pas attendu les Boches pour faire tourner la boutique. Si t'es pas heureux un autre prendra volontiers ta place, si tu ne veux pas te prendre un coup de fourche tu ferais mieux d'aller voir ailleurs, de détaler voire. Pas le travail qui manque en somme, vive l'Amérique, hein, Plan Marshall et Compagnie, la France qui se relève et tout le toutim. Est-ce que je te dis, moi, comment t'y prendre pour souder ? La grosse canalisation réparée hier, celle qui est juste là, hein, deux heures après ton passage de nouveau on avait une fuite. Un collègue a dû repasser derrière toi, tu trouves ça normal ? Ça, il a gueulé le camarade. Du travail de sagouin qu'il a dit, pas moins, certain que ce n'était pas un compliment. Va savoir pourquoi le gouvernement a décidé que des enfoirés de Boches comme toi pourraient rester si ces messieurs le désiraient. Trop bon le gouvernement. Alors tu es capable de réparer cette fissure oui ou merde ?

Jacques, je lui aurais volontiers bourré le pif, ratatiné la figure à coups de bottes, je savais bien qu'il avait connu les STO, que dès 40 il s'était retrouvé dans les camps sidérurgiques de la Ruhr, qu'il en avait bavé au retour. Ils n'étaient pas revenus tout de suite les STO, on les avait traités comme on traite des vaincus. Après la liesse de la Libération ils avaient gâché la fête, avec leurs uniformes démodés, leurs mines de fantômes bien portants. Ils avaient travaillé pour le Reich, humilié la patrie. Comparés aux milices de résistants finalement engagés dans la Première Armée et qui s'étaient jetés dans la conquête de l'est, ils n'avaient pas fait le poids. Pas pu parler les STO, au-dedans les rancœurs s'étaient accumulées. Je comprenais. N'empêche je finirais bien par le choper dans un coin de l'usine, dans une ruelle de la ville, pour lui rappeler que comme lui j'étais quelqu'un, et que ce quelqu'un n'était pas décidé à se laisser humilier. Il a saisi la barre, a soulevé le lourd crochet, le couvercle s'est baissé, la pulpe s'est écrasée, c'est bon tu peux y aller.

2.

Tête baissée, je savais bien que je marchais trop vite en passant dans l'atelier. Je cavalais si bien que pas le temps de la regarder. Trop bref regard vers la belle, les jambes galopent toute seules, vos guibolles plus vos guibolles, cavalier désarçonné, casque à pointe sur le bout du pif. Wanda à sa machine pouffait l'air gêné, que ce clown fasse tout ce cirque. Limite j'aurais préféré de nouveau le front, les Russes. Petits joueurs les Russes, oh moi vous savez les Russes j'en dézingue deux douzaines au petit déjeuner, je te les scalpe œuf à la coque chicorée mouillettes. Wanda était cette silhouette et cette voix peuplées de chuchotements, de tendresses oubliées, elle était d'un parfum frais, vert, clair, ou bien doré et poudré comme celui des blés. Passer et repasser dans l'atelier, connaître la frustrante satisfaction d'avoir foulé le même sol, d'avoir partagé la même chaleur, le même froid, ce tapage.

Le contremaître ne me lâchait plus. Des semaines que ça durait. Tu veux vraiment te retrouver sur les bords du canal, sur ses rives escarpées déambuler baluchon sur l'épaule ? À la vue des gendarmes plonger dans les buissons ? Si oui on peut t'aider, possible, on a des souplesses. Allons un peu de sérieux mon garçon, surtout dans ta position, t'es pas payé à musarder. Que t'ailles le dimanche à la terrasse d'un café reluquer les jupes légères, les décolletés, les tissus pastels, les cheveux coupés courts, que t'ailles reluquer la donzelle je comprends. Que t'en invites une au cinéma, histoire de passer une heure ou deux près d'un corps de femme, de l'attirer un peu vers toi, que tu l'embrasses, admettons. Madame Wanda est veuve, Haak, veuve avec enfant, elle en a assez avec sa petite, je pense. Qu'est-ce qu'elle irait se coltiner un jeunot dans ton genre ? On a commencé à jaser. Dans quelle situation tu la mets. Elle ne m'a encore rien dit mais, crois-moi, faut que tu laisses tomber. Question de dignité. Allons, au turbin, rien que le turbin, brasures et chalumeau, tu sais que je t'aime bien, pourtant si tu continues à lambiner, s'il faut en référer, j'hésiterai pas, tu m'entends ?

Je croisais de plus en plus de collègues le sourire en coin. On se mettait à parler bas. On affichait des mines renfrognées, comme si je m'apprêtais une fois de plus à leur ôter le pain de la bouche. On s'attardait plus longtemps avec moi sur le parvis de l'usine, pour discuter football, courses hippiques. On feignait de m'ignorer, politesse ou haine rentrée. J'avais cassé la routine de l'usine, coup de canif, sabot dans les rouages, d'un coup trop de vivant. Rouvert certaines blessures. Les voilà obligés de prendre parti, de défendre leurs convictions, leurs opinions. Je craignais qu'on ne fouille mon sac. La photo avec l'aigle épinglé sur la poitrine, glissée dans mon portefeuille, que je ne regardais jamais, à peine dix-huit ans là-dessus, prise avant le grand départ, je n'arrivais pas à m'en débarrasser, allez savoir pourquoi. Si mon portrait se mettait à circuler de main en main c'en serait fini, mes ennemis se rassembleraient autour de ce petit carré de papier. Ricaneraient. Cracheraient. Haak devait rester ce jeune Allemand dans cet uniforme de la marine de guerre allemande. Impeccablement estampillé nazi. On le mettrait sous le nez des ouvriers les plus tolérants, vois-moi cette trombine, cette gueule Troisième Reich, derrière cet air placide plane l'orgueil du charognard. Devant cette image tenue entre deux doigts mes plus ardents défenseurs se troubleraient et commenceraient à se demander s'il était juste de soutenir le repenti, l'exploité, l'homme sans méchanceté mais sans courage. Plus rien à faire ici, Haak, plus qu'à quitter le secteur, mieux, la région. Un billet pour La Lorraine, peut-être. Non, pas La Lorraine. Plus jamais le fond, le charbon. Préférable de quitter l'usine, oui, avant que ça dégénère. Je m'étais conduit comme un idiot. Couillon, va, imbécile.

Le soir, de retour à la baraque, au lieu de me vautrer sur ma paillasse le journal ou un bouquin à la main, au lieu de m'asseoir et de prendre la guitare, et de faire chanter les cordes, de distraire les camarades, j'étais pris d'un soudain besoin de cogner contre les cloisons. Le bois tremblait, bourdonnait. Le dedans du ventre qui panique, grelotte, l'adrénaline qui vous prend à la gorge, acide. Mais mon poing évitait le morceau de journal patiemment découpé, et puis punaisé, religieusement, au-dessus de ma couchette, la punaise qu'on enfonce, tout doux, ferme, avec le pouce, appuie. Le journal de l'entreprise, la photo de Wanda. Wanda debout dans l'atelier, devant les machines. Elle se tient au milieu, entre ses deux collègues, les trois sont alignées, toutes regardent l'objectif, fières, embarrassées. Dessous c'est écrit qu'elle casse les lingots juste avant qu'ils soient emballés. On lit aussi qu'elle porte un nom polonais. Que ce soit inscrit là, comprenez, la rendait plus réelle, plus désirable. Le soir, avant qu'on éteigne les lumières, je ne manquais jamais de m'attarder sur la photo, attendri ou grognon, c'était selon. Taquineries des camarades, moues dubitatives, pas un n'aurait osé y toucher.

Même j'entendais Hans derrière-moi, arrête donc de la faire trembler la petite, elle a rien demandé. Tu vas l'effrayer, on dirait les bombardiers rosbifs. Ça te passera, Haak, tout passe, mon gars. J'ai des filles américaines tirées des magazines, on leur voit les épaules, et pas mal la poitrine. Elles sont tout sourire, tiens, regarde-moi celle-ci, qui se trémousse dans sa belle robe blanche, plissée. Elle nous mène la vie dure Marilyn. Évite-moi de te foutre à la porte, Haak. Retourne à la boxe. Un grand garçon comme toi, avec des épaules pareilles, t'as des trapèzes on dirait un bossu, t'es fait pour frapper, pour grogner, Haak, pour encaisser les coups. De la graine de bandit. Pas pour roucouler sous les grands saules avec au bout du chemin, ah oui tiens, le mariage. Pourquoi t'embêter avec une bonne femme ? Ça existe des hommes qui aiment vivre en ménage, qui embrassent les barreaux, t'en fais pas partie. Viens donc avec nous au bordel, les filles sont drôles et assez belles. Je sais que t'es pas un salaud sinon je te dirais que suffit de l'allonger une fois pour toutes ta Wanda. Une fois ou deux et baste, elle ne s'en vantera pas. Crois-moi, liberté, moi j'ai laissé femme et enfants, là-bas, au pays, Heimat. Pour le peu de nouvelles que je recevais au camp, et un colis par an, et chiche le colis. Vivre autrement, les cabarets, le jazz, la fumée. Ma guitare a les plus belles hanches qui soient, tu crois pas ? Un jour fini l'usine, les sacs de sucre je les ballerai plus sur l'épaule, les polkerai plus dans les camions. Tant que j'ai un dos, des mains potables. La vie belle, tu vois, la bohème, les rythmes endiablés, syncopés, jouer les manouches, déambuler la nuit dans le petit Paris, les filles. Tu t'es jamais dit que si t'avais eu envie d'une vie de famille tu serais retourné dans ton quartier ? Ta femme te reprendrait, Kurt, certain. Pas dit qu'elle te pardonne mais elle te reprendrait. Ta petite fille au bout de la rue, elle n'ose pas d'abord et puis elle dévale vers toi les bras tendus, c'est Papa qu'elle t'appelle, la petite. Pourquoi t'embêter avec une bonne femme d'ici ? Retourne à la boxe, les copains seront heureux de te revoir, si tu veux on t'accompagne. Cogne dans le sac, prends-toi deux ou trois baignes, ça remet les idées en place, n'oublie pas qui tu es, d'où tu viens. Un jour les gens auront vraiment oublié, en tout cas digéré la défaite, l'occupation, le reste. Pour l'heure mieux vaut ne pas la ramener, Haak, rase les murs, encore la meilleure solution, reste dans ton coin, discrétion.

Taper dans le sac. Jusqu'à ce que les épaules me brûlent. Que je ne sente plus qu'une masse atrophiée à la place des biceps. Mes pieds ne sentaient plus vraiment le sol, la cheville manquait de se tordre. Et puis j'ai encore levé les poings, la joue sur son épaule me suis grisé de la sueur de mon adversaire. Épuisés, collés l'un à l'autre, petits coups dans les côtes, clavicule glissante. Je le repousse. Jeu de jambes. J'écrase le gant contre ce visage aussi creusé et tendu que le mien, cuir contre cuir. On est seul sur un ring. Depuis le coin, serviette sur l'épaule, le camarade gueule, encourage, prodigue des conseils, ça bourdonne dans le crâne, je ne l'entends qu'à peine. Il a beau être là, à surveiller le chronomètre, prêt à plonger la main dans le seau, à en ressortir l'éponge ruisselante d'eau et de sang au moment même où je m'écroulerai sur le tabouret, je suis seul. Si je reviens dans quelques jours, que je pousse la porte de cette salle, peut-être lui qui sera là devant moi, à me tourner autour, à allonger les gants, à chercher la faille dans ma défense. Il guettera le moindre signe de fatigue. La moindre grimace. La bave dans le protège-dents.

Je prends appui sur la guibolle blessée, je sens l'intérieur de ma chair meurtrie, brûlée, charcutée, la douleur fossile de ce foutu éclat d'obus. Baisser la tête et lever les poings, souffle quand tu donnes une droite, une deuxième, tout de suite, enchaîne, inspire au crochet du gauche, vite tente l'uppercut, oublie les côtes martelées, le nez qui saigne, les yeux brûlants. Se fondre dans la salle, les chocs sonores tout autour se répondent, les cordes à sauter fouettent le sol, vitesse grand V, régulières, dans le cuir des casques on grommelle, on invective, les torses s'agitent, la sueur empoisse les thorax. Plus d'uniformes, plus d'aigles épinglés sur la poitrine, plus de galons sur les épaules, plus que des shorts sombres qui vous tombent jusqu'aux genoux, des jambes noyées, des bottines aux lacets fins et serrés, l'envie et le besoin d'en découdre. Plus rien comme distinction que nos nudités propres, nos forces propres, malgré les gueules crispées, les invectives. Quelles que soient les nationalités chacun sait qu'à chaque combat nous célébrons nos libertés retrouvées. Le combat terminé, sourires, embrassades, chacun retourne dans son coin, les mollets et les épaules asphyxiés, titubant, haletant. On desserre les liens des gants avec les dents.

Lorsque j'ai vu quelques jours plus tard Wanda sur le parvis de l'usine, le sac ramené sur son ventre, souriante, droite comme un « i », un rien timide, ses yeux d'un bleu clair, réjouis, lorsque je l'ai vue elle, en face de moi, tournant le dos à nos camarades qui gagnaient la sortie, je me suis avancé, sans penser à rien, aucune arrière-pensée, je ne me suis pas demandé ce qu'elle allait me dire, je ne me suis pas interrogé sur le pourquoi du comment, je me suis juste avancé.

3.

Vérifier que j'avais bien mes papiers, refermer mon Paris-Turf, le rouler, le glisser dans la poche, croiser mon écharpe, boutonner tout ça. Les derniers voyageurs passaient derrière la vitre embuée, peut-être pressés par un rendez-vous familial, par les horaires de cinéma, les couples repartaient après s'être embrassés fort sur la joue. Un homme restait là, le col haut, le chapeau renfoncé, immobile. Je me suis engagé dans le couloir, j'ai examiné mes épaules, frotté une dernière fois mes souliers contre le mollet. Descendre sans rater la marche, mieux croiser mon écharpe, j'avais choisi la plus belle, la blanche. Tapoter la cigarette contre le paquet, allumer, personne ne venait. Aucun regard dans ma direction sinon celui d'un employé fiché comme une poutre entre deux portes, derrière moi les wagons repartaient, les roues s'étaient mises à claquer. Je me suis engagé sur les voies, mes talons qui sonnaient creux contre le bois, il me faudrait repartir plus tôt que prévu.

Le guichetier m'a indiqué que j'avais une bonne heure devant moi. Vous avez un banc juste ici, merci ça ira. J'aurais préféré être assailli par les ronflements des moteurs, par les klaxons, les voix mêlées, les cris, les grincements des carrioles. Le pavé de la place était coincé entre les deux ailes du bâtiment principal, rien n'accrochait le regard que trois ou quatre éclairages publics qui se dressaient, silhouettes si frêles, si fines. Je scrutais l'horloge qui dominait la place, arriver en retard ça peut arriver à tout le monde. Le cadran avait été crevé, peut-être un éclat d'obus, une balle perdue, une pierre jetée par un gosse. La grande aiguille poursuivait sa course, une course lente, douce et tendue.

La banalité de ses paroles me réconfortait. On ne peut pas dire qu'on soit bousculés, en même temps c'est dimanche. On a beau dire le fond de l'air est frais. Plus que me distraire le guichetier m'égayait. Il n'était ni beau, ni laid, ni vieux, ni jeune, il n'était personne, il était quelqu'un, il me plaisait. Ayant remarqué le Paris-Turf dans ma poche, il me demandait si j'avais un tuyau à lui filer. Qu'est-ce que je pensais de Tête de Linotte dans la Quatrième ? Il n'y avait pas de Tête de Linotte dans la Quatrième. Ni dans aucune autre course d'ailleurs. C'était bien dommage, il aurait pu miser dessus, il aimait parier sur les tocards, les favoris ça ne rapporte pas, qu'avec les chevaux les plus rêveurs, les plus insoumis qu'on rafle le pactole. Il ne croyait qu'aux coups de génie. Si c'était pour se retrouver avec deux francs six sous, autant ne rien tenter, rester dans son lit, dormir tout le jour.

Elle était finalement venue me chercher ; une longue chevelure blonde, un peu crollée, une pèlerine sombre, des bas blancs, des souliers vernis, son teint pâle, ces yeux bleus plantés dans ce visage si doux, aux pommettes saillantes. Elle se tenait là, à un mètre de moi, les sourcils froncés, la truffe levée. Maman m'a demandé de vous amener à la maison, je vous préviens ce n'est pas la porte à côté. Elle marchait un peu devant, nous traversions la place, nous frôlions les lampadaires, ses cheveux se balançaient sur la capuche, elle avançait d'un pas décidé. J'essayais de me rendre compte de sa présence, de sa réalité, de sa *consistance d'être*. Le boulevard était resté désert, je lui effleurais l'épaule. Une fois sur le trottoir d'en face elle a sorti la main de la poche, une main chaude et raide, petite.

Le jeudi elle venait chercher sa mère à la gare, en fin de journée. Sans doute un jour elle ferait comme elle, elle irait à l'usine. Mais elle ne voulait pas, elle préférerait continuer d'aller à l'école. Pour devenir maîtresse ou autre chose, elle n'avait pas décidé. Est-ce que je savais bien parler français ? Elle pourrait m'apprendre sinon, elle avait gardé tous ses cahiers. Elle était très occupée, surtout depuis la mort de son papa, elle devait aider à la maison. Elle n'avait pas toujours le temps de faire ses devoirs. Elle s'appelait Hanna. Je suis enchanté Hanna.

Elle espérait que je n'avais pas l'intention de venir vivre chez elles, même si cette maison n'était pas celle où était mort son papa. Elle et sa mère avaient dû déménager, c'est compliqué dans la cité quand on perd son papa, sa mère m'expliquerait.

Sans avoir lâché ma main Hanna a ajouté, de toute façon je ne suis pas sûre de vous aimer. Je me suis tourné vers elle. Dans nos regards quelque chose s'est échangé, les éboulis de briques le long du boulevard, les bouts de murs enduits, les tapisseries délavées, déchirées, des poutres à moitié ensevelies, enchevêtrées, pourries. Les autres bâtiments s'étaient comme écroulés de l'intérieur, restés debout mais sans toit, sans charpente, disparus les planchers. Des traces de flammes noires sur les façades, il y avait eu des portes, des fenêtres, des ombres derrière les rideaux. Si on allait fouiller, certain qu'on trouverait des draps en lambeaux, des débris de cristal et de porcelaine.

Quand les avions avaient commencé à raser les environs elle et ses parents s'étaient sauvés. Ils étaient allés du côté de chez la tante, ils avaient tout mis sur la charrette, le juste nécessaire, un âne tirait, ils trouveraient refuge dans un bunker désaffecté. Son père avait dit regarde, ça avait fait comme un grand feu d'artifice. Elle avait contemplé les lumières dans le lointain, sa mère leur avait crié dessus, leur avait dit de venir se planquer. Les avions volaient si haut, ils étaient au moins cent, partout ça grondait. Leur cible c'était la gare, les voies ferrées. Avant de repartir les Anglais s'étaient débarrassés des bombes qui restaient, ils en avaient largués un peu n'importe où. Le cinéma plein de gens avaient fini dessous. La bibliothèque il n'en restait plus. La tête des gens quand ils étaient sortis des caves et des abris, au milieu des ruines, la poussière que ça avait dû faire, en plein midi, en pleine lumière. Elle n'avait que quatre ans alors. Elle s'en souvenait bien. Pas si longtemps que les trous d'obus avaient été rebouchés dans la cité, elle et les garçons avaient joué dedans des années. Des parties de cache-cache, ils s'amusaient à sauter d'un bord à l'autre, ils n'y arrivaient jamais.

Il fallait maintenant longer l'interminable mur de l'usine dont l'activité avait repris, et de plus belle. Construction de wagons, emboutissage de tôle. J'aurais voulu m'y faire embaucher, un camarade m'avait déconseillé de me présenter au bureau. Plus qu'à la sucrerie les Travailleurs Civils Libres y était mal vus. Vrai que j'aurais mieux gagné, mais si c'était pour qu'on me couvre d'injures, qu'on me batte comme un chien errant. Au-dessus de nous se déployaient les bras compliqués et noueux des platanes, nus ils laissaient le soleil voilé nous piquer les yeux. Je n'entendais plus que le bruit de nos pas sur le schiste et nos souffles comme entravés. Pourtant peu à peu, rien qu'en marchant ensemble sur le trottoir du boulevard, le long de ce mur, sous ces platanes et ce ciel, en direction de ce coron, j'avais le sentiment que nous faisions véritablement quelque chose. Que quelque chose se produisait. Nous abordions la porte de la ville, un ancien cachot posé au milieu d'un rond-point. Le 14 juillet les jeunes gens prenaient leur vélo et tournaient autour, sifflaient, donnaient de la voix, *aux armes citoyens*, ils lâchaient le guidon, *formez vos bataillons*, envoyaient des baisers, *qu'un sang impur*, invitaient les jeunes femmes à s'asseoir sur la barre centrale, *abreuve nos sillons*. À prendre part à la ronde, à jouir de l'instant présent. Chaque année je contemplais cette joyeuse chorégraphie depuis le trottoir.

Tout en haut du pont deux hommes restaient penchés sur les voies ferrées, peut-être intéressés par les plantes et les arbustes qui poussaient sur les talus, ou par la zone de chargement de l'usine inactive. Ils se sont redressés, derrière eux la fumée noire d'une locomotive, sous nos pieds l'écho lourd des wagons, on sentait les vibrations. Ils observaient la petite-fille et le jeune-homme qui l'accompagnait. Je tentais de dissimuler mon boitement,

Hanna a chuchoté je les connais pas, elle a marché plus près de moi. Ils nous regardaient sans sympathie, dans une sorte d'indifférence. Ils ne s'interrogeaient pas, ils ne nous jugeaient pas, d'un mouvement de tête je les ai salués. Ils ont touché le bord de leur casquette, avant de s'accouder de nouveau à la rambarde. Hanna a murmuré je les aime pas. Le pont elle l'a dévalé à toute allure, sa foulée maladroite, un corps tout dégingandé. Tout en bas, les bras droits, la mine excédée, elle tapait du pied. Je suis arrivé en dissimulant mon amusement, je prenais mon temps. Elle m'a attiré en direction du portail, dans le cimetière on serait plus tranquilles. De ces hommes bizarres elle en parlerait à sa maman, peut-être quelqu'un de la cité viendrait, ils n'avaient rien fait mais ils n'étaient pas rassurants. Il y avait une sortie de l'autre côté du cimetière, c'était un raccourci, on serait plus vite à la maison.

Je ne connaissais personne qui s'était fait enterrer à cet endroit. Mes camarades se trouvaient ailleurs, certains avaient leur carré en France, le carré des Allemands. D'autres avaient été rapatriés au pays, d'autres encore on ne savait pas, peut-être sous un champ, dans un bois, au pied d'un peuplier. Il y avait autant de chances que je tombe sur l'un de mes anciens camarades que sur quelqu'un de ma famille. Oui mes parents étaient encore vivants, je ne les voyais pas souvent. Et vous avez des enfants ? Maman ne m'a rien dit. Moi je suis fille unique. Avec mes grands-mères, mes tantes, mes oncles, on se voit tout le temps. Toujours fourrés les uns chez les autres. Et puis dans les cités j'ai des amies, elles sont comme mes sœurs. Si vous et Maman vous voyez plus souvent sûr que vous allez voir du monde, ce ne sera peut-être pas pour vous plaire.

Hanna était toute à son intelligence, à sa réflexion, à son agitation. Ses yeux pétillaient, glissaient sur les marbres lavés, briqués, glissaient sur les ciments étripés par le temps, laissés à l'abandon, les fleurs naturelles, les compositions artificielles, elle ne voyait rien de tout ça, pas vraiment en tout cas. Elle trottait entre ces centaines de photographies d'inconnus, ces noms gravés à la verticale, et pour ainsi dire debout, à la vue de tous. Un jour ils ne diraient plus rien à personne ces noms, un jour il n'y aurait plus personne pour payer les concessions. Son papa était ailleurs, dans un autre cimetière, de l'autre côté des cités. Maman l'a mis avec son premier mari, Léon, lui aussi est mort à cause de la mine. Papa et Léon étaient cousins, Papa n'a pas voulu que Maman reste toute seule alors ils se sont mariés, ils étaient faits l'un pour l'autre, ils ne pouvaient que s'aimer, alors vous avez des enfants ou pas ? Vous n'avez pas envie de me répondre ? Je vais souvent voir mon père, pour déposer des bouquets, un baiser sur sa photo. Je le lui avais promis. Je l'ai toujours trouvé beau mon père, il était plus beau que vous, ses cheveux n'étaient pas coupés à la zazou. Il avait de la classe, vous connaissez Cary Grant ? J'irai toujours, toute ma vie, sur la tombe de mon papa. Il chantait. Au bal il me faisait danser. Pourquoi n'allez-vous pas voir vos parents plus souvent ? J'ai vu des images de Berlin après la guerre, dans un livre, ou un magazine, c'était impressionnant, ça a dû être terrible. Mais il fallait au moins ça pour qu'on gagne la guerre. Quand il y a eu les bombes ici, il n'y avait plus un Allemand en ville. Ils étaient montés sur leurs motos, dans leurs camions, dans leurs automobiles, et ils ont déguerpi. Moi j'ai retrouvé mon manège préféré enseveli sous les décombres d'un immeuble de la Grand' Place, les chevaux de bois étaient couverts de poussière. À certains il manquait des membres. L'un d'eux était couché à même le sol, tout seul. Je n'ai pas vraiment peur de la mort, seulement elle me donne du chagrin.

Hanna et moi avons passé le portail, laissé derrière nous les poubelles, les plantes et les fleurs fanées, les soies et les plastiques. Un mur cachait les tombes à perte de vue, dernière ligne droite avant la cité. Nous avions dépassé le niveau de la gare que nous n'avions croisé personne.

Au-dessus des plaques de béton on distinguait l'autre pont. Les corons se trouvaient juste en bas, à ses pieds. On a continué à avancer, main dans la main, en silence. On avait fait un beau détour. D'abord les premiers corons, la rue qui tourne, Hanna qui montre du doigt la maison où son père a été malade. Il a beaucoup souffert, ce n'est pas juste, on n'a qu'un papa. Encore une rue, encore un virage, c'est ici. Le jardin potager, on s'engage dans l'allée, sous l'arc en demi-lune, Hanna qui ouvre, pousse la porte, qui braille Maman c'est nous, je reste sur le palier, Hanna qui disparait, j'entends une voix, des pas.

4.

Wanda et Hanna partageaient les parties communes avec un vieux couple de Polonais. Eux aussi étaient arrivés dans les années vingt, avaient été débarqués au Havre, un arrangement entre les états français et polonais. Une maison coupée en deux donc, une porte condamnée entre ce qui avait été la cuisine et ce qui était resté la salle-à-manger. On entendait tout ce qui se passait chez les voisins. Wanda et Hanna avaient obtenu le meilleur côté, la salle-à-manger, qui faisait aussi office de salon, de cuisine, de salle-de-bain, de coin couture. Quand elles recevaient on était un peu serrés mais ça allait, les vieux Polonais ne bénéficiaient pas d'autant d'espace. Quelquefois, vis-à-vis d'eux Wanda se sentait un peu gênée, c'était des gens bien, aux voix douces, aux gestes attentionnés, ils n'embêtaient personne, voire ils avaient peur de déranger, question d'éducation. Non vraiment Wanda et Hanna étaient bien tombées, seulement elles préféraient l'ancienne maison, les bons souvenirs l'emportaient sur les mauvais, sur les plus pénibles. La maladie et l'agonie de Jean. Si elles avaient dû déménager c'est que les Bureaux des Houillères n'avaient pas laissé le choix, quand on perdait son mari, et qu'on ne travaillait pas soi-même à la mine, on avait beau être veuve de mineur, on perdait des avantages. Pas moyen non plus de trouver un arrangement à l'amiable avec le garde. Alors que, bon, parfois, il ne se gênait pas, une vraie peau-de-vache, le *kapo du quartier* qu'on l'appelait. L'essentiel était qu'Hanna ait sa propre chambre.

Vous reprendrez bien un peu de choux rouge ? Pour la sauce elle ajoutait du laurier, et une pomme, contre l'acidité. Ça mijotait sur le poêle depuis tôt le matin, réchauffées ces rolades de bœuf étaient encore meilleures. Vous allez repartir avec une gamelle, ne me vexez pas. Quand vous mangerez vous penserez à nous. Ce n'était pas à proprement parler un plat polonais. Wanda était née en Westphalie, comme son frère, l'allemand elle le parlait un peu, très mal en vérité. Beaucoup moins bien que sa mère. Ses parents avaient travaillé dans les mines de charbon allemandes après 14-18. Les Allemands avaient besoin de bras. Les Polonais avaient faim. Ils cherchaient de quoi. Ils ont bien fait de quitter la Westphalie avant la crise, tous les malheurs qui ont suivi.

Le frère mangeait patiemment, il prenait le temps de poser les couverts entre deux bouchées. Tandis que je me retenais de dévorer, il mâchait, les mains jointes devant la bouche, les doigts croisés, comme pour une prière. J'ai complimenté Wanda sur le repas, un bout de temps que je n'avais pas mangé quelque chose d'aussi bon. Stanislas se souvenait que dans les camps de travail on ne mangeait pas toujours à sa faim. Le repas il fallait que ça dure, le temps était aussi important que la quantité. Peut-être que moi, qui avais été fait prisonnier, et qu'on avait obligé à travailler, je savais ça. On avait sans doute des choses à se dire à ce sujet, mais, que ce soit clair, lui n'avait pas porté l'uniforme allemand, pointé son fusil contre les Français ou les camarades russes. Lui et moi on ne tomberait pas dans les bras l'un de l'autre, ni aujourd'hui ni demain. Ne vous faites pas d'illusions, Kurt. S'il était assis à cette table, en ma compagnie, c'est que sa sœur avait insisté.

Moi, j'étais de ces hommes qui, avec la collaboration de l'État français, l'avaient traîne hors de l'usine, qui l'avaient jeté dans un train, de ces hommes qui avaient menacé sa famille. On l'avait fourré dans une usine de l'autre côté du Rhin, on l'avait soumis à nos ordres, à nos exigences, on l'avait mis au service de nos forces. Stanislas me montrait ses mains. Ces mains avaient été complices, son talent d'ouvrier, les Fritz l'avaient sali. Ces mains avaient perdu de leur innocence. Elles ne travailleraient jamais assez longtemps pour retrouver la beauté du geste bien fait. Ce n'était pas seulement la crasse qui, jour après jour, malgré la brosse et le savon noir, s'incrustait toujours davantage, mais une sorte de honte qui grandissait à mesure qu'il voulait s'en débarrasser. Dans ces conditions, difficile de se sentir encore quelqu'un, d'ailleurs ses doigts devenaient de plus en plus lisses à force d'ouvrage. On voudrait de nouveau prendre ses empreintes on serait bien embêté, son doigt ne laisserait rien sur le papier, une tache d'encre, une tache noire.

Personne ne parlait des STO, on les laissait se morfondre dans leur coin. Ils devaient tout garder pour eux. Comme une règle tacite. Même entre eux il n'en était que rarement question. Sauf peut-être parfois pour évoquer ces quelques moments de folie, tellement insolites, ces soirées que les Fritz laissaient organiser et qui d'un coup dégénéraient. Une fois ils s'étaient débrouillés pour se dégoter ici des bas, là des haut-talons, des soutiens-gorge, des culottes, du rouge-à-lèvres, et même, on se demande comment, des perruques. L'orchestre des prisonniers avait arrêté le bal-musette, les musiciens s'étaient lancés dans un french cancan tonitruant, sur la scène ça gigotait, ça chantait, ça hurlait, ça levait les jambons, pas très haut, pas des danseuses de compétition, les camarades dans la salle étaient pliés de rire. On envoyait des baisers aux plus moustachus, on demandait un bis. Certains criaient Vive la France, ou Vive le Général, ou Vive la République, ou Vive la Liberté, à gorge déployée. Contre la tristesse, contre cette solitude perdue parmi d'autres solitudes, pour ne pas penser aux enfants qu'on n'avait pas vu naître ou qu'on ne voyait pas grandir, au peu de nouvelles qu'on recevait ; on n'en recevait jamais assez. On criait contre le temps passé aux machines, à l'assemblage des pièces. Le grincement de l'acier qui pliait sans jamais céder, le martellement des vérins, les lourdes pièces d'un coup lâchées sur le sol. Le hangar qui résonne. Ces détonations ne signifieraient plus jamais la même chose. Tout ce fracas, tout ce boucan les STO l'avaient retrouvé de retour en France. Car, comme les prisonniers de guerre, ils avaient bien fini par rentrer. Avec soi-disant une dette à payer. Pour les uns celle de la défaite de 40, pour les autres celle de la collaboration forcée.

Stanislas était fier d'être un ouvrier, entre camarades du Parti on savait ce que la solidarité signifiait. Les plus malins savent qu'un système ça se pervertit de l'intérieur, en douceur, sans trop de heurts. Il n'y avait que les Communistes pour sauver le monde, et peut-être certains Anarchistes, quoique. Mais pas les idéalistes, pas les terroristes. L'État avait bien compris que les

Communistes constituaient une menace réelle pour le Capitalisme, pour l'ordre établi, sinon pourquoi avoir réprimé les contestations ouvrières après la Libération ? Sur ces années-là, sa sœur en aurait des choses à dire, les CRS étaient allés jusqu'à débarquer dans sa maison alors que Jean était à l'agonie. Tu parles d'une libération, la véritable était à venir. Il s'agissait d'unir les peuples, ni les travailleurs ni les machines n'appartenaient aux singes du Capital.

J'étais bien placé pour comprendre ce que ça signifiait que d'être dépossédé de son corps, de son esprit. De se retrouver à servir les divisions, la destruction, la mort de la fraternité. Se sentir exilé de soi lui semblait bien pire que d'être tiré hors de sa maison, de sa ville, de son pays. Et ça avait assez duré ces histoires de pays. Il pensait que le peuple allemand avait assez souffert, il était sa propre victime, il fallait lui pardonner. Sans pour autant oublier, qui pourrait oublier ? En France des collabos avaient été jugés, parfois exécutés, beaucoup de résistants avaient été reconnus, on en connaissait aux plus hautes fonctions. Pour les autres, pour le commun, ni résistants ni collabos, il ne fallait pas avoir la mémoire courte, mais la haine il fallait passer outre. La transformer, la grandir, dans la fraternité. Un Homme ne serait jamais qu'un Homme. Un jour nous vivrons en paix, la route sera longue, cette route nous la ferons ensemble, Kurt, un jour les peuples vivront viscéralement ensemble, croyez-moi.

Wanda rappelait à Stanislas sa promesse de ne plus jamais causer politique à table, elle pliait sa serviette sur ses genoux, levait les yeux en direction de Maria, priait Hanna de débarrasser. La petite ramassait assiettes et couverts, les portait à l'évier. La lumière entrait par une haute et large fenêtre, un rideau aux motifs travaillés la diffusait délicatement sur l'épaisse nappe blanche dont les broderies complexes me laissaient rêveur. L'endroit n'avait rien de spacieux, on ne pouvait pas non plus dire qu'on étouffait, un buffet, une table et des chaises en bois massif dont le vernis avait sacrément foncé, des meubles faits pour qu'on en hérite. Sa maison, Wanda la tenait impeccablement, j'avais presque honte d'être entré avec mes chaussures, de ne pas les avoir laissées sous le porche, mes chaussettes étaient plus correctes. On avait sorti la belle vaisselle, une porcelaine de qualité, avec un liseré doré sur le bord, les verres en cristal de Bohème, aux dessins floraux, je laissais mon doigt courir sur la gravure.

Wanda aurait bien aimé avoir sur le buffet un compotier du même style, quelque chose de subtil et d'élégant. Quand elle retournerait en Pologne, le jour où elle pourrait, elle avait encore des liens là-bas, elle ne manquerait pas de se faire ce plaisir. Quand on aime les belles choses n'est-ce pas ? Financièrement ce serait un sacrifice, à moins que d'ici-là sa situation ne s'améliore, qui sait ? On s'en sort bien mieux quand les deux travaillent. Elle avait décoré les murs avec des portraits, ces grands cadres ovales, on avait là toute la famille sur deux générations. Certains des clichés avaient été pris par un photographe professionnel, avec les décors d'usage, artificiels, d'autres devant la maison d'avec Jean. Elle aimait, oui, être entourée de tous ceux qu'elle avait aimés. Qu'elle aimait. Si elle avait eu davantage de place, des photos elle en aurait rajoutées.

En vérité, sans que ça lui soit insupportable, de partager le logement lui pesait. Même si en un sens elle s'en sortait bien. Elle aurait pu se retrouver dehors, purement et simplement. Avec trop peu d'argent pour se trouver un logement ailleurs. Dans la famille on l'aurait accueillie, on se serait serrés, n'empêche, tu parles d'une reconnaissance. Elle avait enterré deux hommes mangés par le charbon. Elle ne voudrait plus d'un mineur, la mine ne servait qu'à remplir les trous, qu'à enrichir les marbriers et les fleuristes. Les mineurs étaient juste bons à creuser, à excaver, de la chair à charbon en somme. Bref, de vivre dans une maison autre qu'une maison de cité ne lui déplairait pas, on en trouvait à louer, elle avait déjà sa petite idée concernant le quartier.

Elle s'est levée, a continué à parler depuis la gazinière, sa gazinière elle en était très fière, on ne trouvait pas plus moderne, ou presque. On l'avait placée devant la porte condamnée. Stanislas a sorti une cigarette et a enfilé son manteau, Maria m'a demandé si je pensais rester en France encore longtemps. Que je ne me méprenne pas, je lui avais fait bonne impression. Elle me trouvait un air bourru, mais sympathique. Elle me demandait juste pourquoi je ne retournais pas chez moi. Je lui ai répondu que de retourner en Allemagne, à Berlin, m'avait jusque-là semblé impossible. Que ça m'étonnerait que je change d'avis. D'ailleurs en un sens je n'avais plus de chez moi depuis longtemps.

Les parents de Maria étaient venus d'Espagne, ils avaient fui Franco. Ils n'étaient évidemment pas les seuls. Ils n'étaient pas à proprement parler des héros, ils avaient seulement résisté à leur manière, modestement, en protégeant leurs enfants. Elle était fière d'eux, bien que leurs noms ne rentreraient pas dans les livres d'Histoire. Moi aussi j'aurais bien aimé que mes parents se soient exilés, qu'ils aient pris le bateau direction l'Amérique. Là-bas tout aurait été différent.

Wanda est revenue avec un gâteau, Hanna suivait avec des yeux gourmands le roulé aux graines de pavot, il était nappé de sucre, elle s'est vite attablée, la petite fourchette à la main elle m'a adressé un large sourire, elle a dit normalement le makotch on le sert les jours de fête.

5.

Je ne pouvais pas dormir dans la maison à deux ménages. Pas une question de convenance, de morale à deux sous. Non, vraiment, elle n'aurait vu aucun inconvénient à ce que j'emménage, mais impossible. Je n'avais aucun lien avec le monde de la mine. On réservait les logements aux mineurs et aux veuves de mineurs, il était exclu que les locataires accueillent un étranger. Quelqu'un d'extérieur. À ce sujet les règles des Houillères étaient très strictes, très claires. Pas à discuter. On encourait des sanctions, ça ne rigolait pas, pas du tout. Ou du moins en théorie. Il savait fermer les yeux quand ça l'arrangeait le garde, le kapo du quartier. Moyennant une petite enveloppe, quelques beaux billets, et si les sous manquaient, oh allez une partie de jambes en l'air ferait l'affaire. Dans les Bureaux on ne serait pas au courant, tout ça resterait entre nous, bouche cousue. Ça n'arrivait pas souvent, mais ça arrivait. Dans la cité tout se savait, un petit monde la cité.

Ce serait quand-même un comble qu'elle couche avec ce vicelard qui sent le pinard pour que je puisse emménager avec elle. L'argent, ni elle ni moi ne l'avions, alors bon. Je prendrais les repas à la maison, je resterais le soir, on trouverait un moyen pour que je puisse me laver en bas, sans que la petite me gêne. Dans cette maison, j'allais m'en apercevoir très vite, on n'était pas très pudiques. Je resterais les dimanches, elle en avait parlé à Maria et Stanislas, c'était arrangé. On avait trouvé une solution. J'allais finir par attraper la mort dans les baraques, l'odeur de champignon, de levure. Les grands froids approchaient. Elle ne voulait pas que j'y reste plus longtemps. Et le mauvais poêle à charbon. Maria proposait de m'accueillir, pas le grand luxe, pas le *Negresco*, j'aurais le canapé dans le salon, il devrait me convenir, de belle taille, confortable. Je laisserais le gros de mes affaires ici, chez eux je prendrais le juste nécessaire, enfin si je voulais, elle ne voulait pas imposer.

Ce serait tout de même plus pratique, de bonnes gens je verrais, pas embêtants, je commençais à les connaître, Stanislas, il y avait plus bourru, franchement, il s'habituerait, aucune raison que ça se passe mal, chacun prendrait sur soi. Ils n'habitaient pas du bon côté, ça allait m'éloigner de l'usine, mais ça me rapprocherait d'elle, et puis que quelques kilomètres entre ici et chez eux. Un terrain plat, à vélo ça se fait tout seul. Après le petit-déjeuner elle et moi prendrions le train, assis l'un à côté de l'autre, comme de vrais amoureux. Comme ça. À plus de quarante ans, et avec deux maris dans le trou, on ne se soucie plus guère des ragots. Maria non plus ça ne la dérangerait pas, au contraire même. Allez, elle allait même me l'avouer, c'était Maria qui l'avait poussée à m'inviter à la maison la toute première fois. Elle, à vrai dire, timide, elle n'osait pas.

Les camarades m'ont tapé sur l'épaule, certains m'ont pris dans leurs bras, avec toute la virilité dont ils étaient capables, avant de se retourner en baissant les yeux. L'un d'eux m'a tendu le baluchon, un autre le sac de travail, la guitare. On se retrouverait à l'usine, ou au bistrot. Pourtant ce ne serait plus pareil. On ne partagerait plus les plaintes, le vent froid qui passait à travers les planches, les fous-rires, la chaleur qui semblait ne devoir jamais sortir, les crises de nerfs qui arrivaient sans prévenir.

J'ai hésité à dépunaiser l'article qui montrait Wanda à l'usine. Si elle découvrait le papier j'aurais l'air fin. À moins que ça ne l'attendrisse. Je ne pouvais quand-même pas m'en débarrasser. Ni le laisser à la vue des camarades. Que veux-tu qu'on fiche de ça ? Tu crois qu'on va laisser ce truc en attendant que tu reviennes ? Je l'ai décroché, soigneusement plié, je l'ai glissé dans la poche intérieure de mon manteau. Il rejoindrait, dans la petite boîte en fer blanc, ma carte de prisonnier, les lettres de ma mère, les quelques photos prises depuis mon arrivée en France. Une petite boîte à souvenirs pour mes vieux jours, ou bien pour qui voudrait savoir, même si ça n'était pas grand-chose, de simples indices. On ne peut pas raconter la vie des autres, fidèlement je veux dire. Même pas certain qu'on puisse raconter la sienne. On en fait tout de suite tout un roman. Comme si c'était un autre qui nous racontait. Ce petit papier plié en quatre j'allais le conserver, le cacher, l'oublier, et plus tard, tout à la fin, en soulevant le couvercle de fer je me souviendrais avoir rêvé, aimé, désiré. Je ne m'étais pas résigné à la solitude. J'aimais Wanda. J'ai descendu les trois marches de la baraque, sans se presser les camarades m'ont suivi, sauf un.

Désolé, Kurt. Il dit qu'il est malade. Qu'il n'a pas la force de se lever, pas même celle de parler. Comme si c'était une nouveauté, malade il l'est de la tête depuis belle lurette. Tu sais que je l'ai encore entendu murmurer qu'Hitler n'était pas mort ? Foi de Hans. Pas plus tard qu'hier. Toujours la même rengaine, notre cher et tendre Führer se serait exilé, l'Autriche, l'Amérique Latine. Impossible qu'il se soit suicidé, encore des bobards de la part des Alliés. La propagande ça les connaît. Le Zinzin pense même que le Führer reviendra, et avec lui ses armées, les uniformes noirs, la grande musique de la vérité. Les traîtres et les faibles paieront, qu'il dit, l'aigle n'est pas un aigle mais un sphinx. Ouais, malheur, pauvre type, il ferait presque pitié Zinzin. On ne saura jamais comment dans le camp ce taré est passé à travers les mailles des Attifas. Et encore moins pourquoi il est resté en France après 47. Sans rire il doit se prendre pour un espion. On se reverra camarade Haak, je lâche la mine, fini l'harmonie des marteaux-piqueurs, bientôt je prends le train pour Paris, la vie jazzy. De temps à autres je reviendrai, on s'en jettera un. Je t'apprendrai ce que les manouches m'auront appris, t'auras devant toi un as de la guitare. Allez vas-y, va-t-en, déjà tu as la tête ailleurs, je vois bien, hein, mon gars, elle te plaît vraiment beaucoup cette Wanda, ça va marcher pour toi, je ne m'inquiète pas.

Zinzin devait marmonner ses conneries face à la cloison, allongé sur son grabat, grabat situé à l'exact opposé du matelas que j'avais laissé nu, sans drap. Je n'entendrais plus la paillasse crisser sous mon poids, qui d'autre l'entendrait d'ailleurs ? Je n'étais pas le premier à partir, personne d'autre n'était arrivé, tous ceux qui se tenaient devant moi, à regarder leurs godasses, à se récurer les ongles, ils finiraient par s'en aller. Ils se trouveraient quelqu'un, ils rentreraient au pays, voire comme Hans ils partiraient pour Paname. Ou encore ils se lanceraient, ils se décideraient à sillonner le pays, pour autre chose que de rogner un bout de terre à coups de fusil ou de mortier. Du boulot pas difficile d'en trouver. Les jardins bourgeois sur la Côte d'Azur, la cueillette des pommes et des pêches, les vendanges, les routes et les villes qu'on reconstruisait, les usines ne manquaient pas, tous bientôt partiraient, j'en étais certain. Tous sauf un.

Une cabane vide, au bord des voies ferrées. Un homme seul, qui chuchote dans son délire. Onze autres matelas posés sur leur cadre de bois, comme le sol et les étagères les grabats ont pris la poussière. Il ne va même plus à la mine, au triage on l'a remplacé. Quelques jours de suite, par solidarité, des camarades du carreau de fosse sont venus le chercher, ils ont fini par se lasser, ils ne l'ont plus couvert. Le contremaître a pris sa décision, de toute façon devant le rouleau il n'était plus capable. Il restait à regarder défiler les morceaux remontés du fond sans plus en toucher un. Les femmes du tri se mettaient en colère, il leur compliquait la tâche. Il ne comprenait pas. Il ne comprend plus rien. Il ne se nourrit plus, ou presque. Les herbes hautes, qui entourent les baraquements tombés à l'abandon, il les mâchonne, lentement, avidement. Il traque tout ce qui bouge, tout ce qui apparaît vivant il le dévore. Ses mouvements sont brusques, aussi vifs que ceux d'un rat. Il rampe, il ne monte plus les trois marches. Il ne rentre plus dans la baraque. Il hurlait dans la nuit quand il en avait encore la force, à présent cette sorte de couinement presque inaudible, ce minuscule cri perçant, c'est le sien. Les fenêtres des maisons les plus proches ne s'allument plus, dans le coin tout le monde sait. Même le village en parle, sans l'avoir jamais vu. Pas besoin, il est devenu quelque chose comme une légende. Les parents mettent en garde leurs enfants lorsqu'ils rentrent trop tard, ils leur disent si tu n'es pas sage il va venir, il va t'emmener. Il n'a plus de nom, sauf pour la police qui ne se déplace même plus. Sauf pour l'asile de fous qui prend pour prétexte qu'il n'est pas français. Il n'a plus de papiers, il a encore une nationalité. Du temps passe. Quelques mois. Pas beaucoup. On repêche son cadavre dans le canal.

Malgré le barda à trimballer sur le porte-bagage et sur le guidon je n'avais pas pris le train. Le petit cliquetis mécanique du moyeu plutôt que les claquements des wagons. La guitare je l'avais en bandoulière. Le vent souple qui passait par la rosace, le bois de la caisse qui chantait doucement, d'un chant flûté. La plaine, les champs labourés, noirs, riches, et brillants. Les rangs de peupliers au loin, des traits au fusain, horizontaux, aériens, le grand ciel, d'un bleu un peu passé, la paisible avalanche des nuages, tout cela semblait se concentrer dans cette musique profonde et improvisée, se jouer dans le corps de l'instrument. Sur le bord du chemin, le cul sur le talus, j'ai déplié la serviette de table, deux sandwiches au pain de seigle, un jambon-beurre, l'autre au miel, comme pour les jours de semaine. Sauf que j'avais le temps, je me disais que j'avais tout mon temps. Broyer la croûte et la mie et la viande, la bouche pleine soupirer de contentement. L'eau était encore fraîche, le talus suffisamment pentu pour qu'on puisse y faire la sieste. J'ai sorti du manteau la photo de Wanda, allonge-toi va, récupère de ta semaine.

Je gardais le papier à la main. L'image de Wanda. De Wanda à l'usine. Wanda, la bonne ouvrière. Cette photo, qui devait la rendre si fière, que j'adorais comme une idole, la réduisait à son assiduité, à son efficacité, à sa docilité face aux contremaîtres et à la machine. Le journal de l'entreprise faisait mine de lui donner un nom. De la sortir du lot. De la masse laborieuse. Mais c'était pour mieux incarner l'entreprise. L'esprit du Capital. C'était pour mieux asservir. On lui avait demandé de se tenir droite devant l'autel mécanique, l'usine est une église. Par ce simulacre on faisait d'elle une sainte, il n'y a pas plus rentable qu'une sainte. Une sainte qui se met à genoux devant sa propre image. On s'était emparé de Wanda. Même si, j'en étais certain, elle n'était pas dupe.

Mais avait-elle le choix ? Je n'ai jamais vu l'ouvrière, j'ai toujours vu derrière l'argentique. Je ne saurais dire quoi. Qui m'attirait. Qui m'attendrissait. Qui me protégeait. Durant les années de guerre et d'emprisonnement, j'avais appris à lire derrière les images. Qui savent mentir. Qui savent voler aussi. Nous jeter aux quatre vents.

Dans le camp minier on nous photographiait. Les soldats US puis français. Les journalistes aussi. Indignés par notre condition parfois, le plus souvent animés d'une haine viscérale, il existait un faciès de Boche, une morgue de Boche, qui n'appartenait qu'à nous. On nous filmait. Des soldats encore, et puis le CICR, La Croix Rouge. Pour faire pression sur les États, sur l'opinion, pour que les Accords de Genève soient respectés. Combien de films, combien de photos de moi en tenue de soldat ou de P.G ? Quelle tête j'ai là-dessus ? Dans quel état on m'y voit ? Et avec qui ? Toutes ces images dispersées je ne sais où, rangées dans quels tiroirs ? Enfouies dans quelles armoires ? Consignées dans quelles archives ? Images auxquelles jamais je n'aurai droit, j'y suis, je n'y ai pas de nom. Juste un uniforme de soldat pris dans l'argentique, uniforme de prisonnier, soldat allemand, interchangeable, aussi vidé d'identité propre qu'à l'heure des Jeunesses, que sur n'importe quel front. J'ai déposé le papier dans la boîte au-dessus des photos prises par les camarades. Moi qui reviens du boulot, moi qui fais la popote. Moi qui cire des chaussures, moi qui repasse près du poêle. Au dos de ces photos j'avais inscrit mon nom en lettres capitales, ajouté la date. Même j'avais signé. Je les avais rangées à cet endroit précis, dans la boîte en fer blanc. Qui m'appartenait. Qui me suivrait en secret.

Je suis toujours seul dans les champs. J'entame un *Minor Swing*. Le pied qui frappe le sol, la mélodie je la siffle, sifflot guitare ou violon, Stéphane Grappelli, Django Reinhardt, glissandi magiques, solaires, éclairs sonores, pas baisser de régime, ça roule, roule toujours plus, mélodie, triples croches hystériques, rafales, rythmique qui gronde furibonde, guitare percussion, violence en pure joie, libératrice, le médiator qui va m'échapper, les lèvres me brûlent, *Minor Swing* est à faire danser les morts, à faire swinguer les vivants. Un jour peut-être que je jouerai pour Zinzin, pour que son souvenir soit plus léger, plus beau voire. Plus certainement je jouerai pour les autres, pour Hans surtout, jamais lui et moi on ne se reverra, jouer en mémoire de ces soirées où nous allumions le poste de radio, nous nous branchions sur la chaîne anglaise. Jazz à volonté. Allongés sur nos paillasses, les mains derrière la tête, les yeux fermés, nous gardions le silence, respectueux, heureux, mes pieds qui gigotaient, ma tête qui dodelinait. Je serrais les lèvres en fronçant les sourcils comme pour mieux entrer dans la musique, pour mieux en jouir. Duke Ellington, Charlie Parker, Thelonious Monk, mais surtout Django. À cette heure je jouais pour Wanda. Si elle avait un poste de radio chez elle je ne l'avais pas remarqué. Il suffirait d'économiser, à deux ce serait moins compliqué. Un tourne-disque ce serait encore mieux. Des disques jusqu'au plafond.

6.

Ça gigotait, ça piaillait, ça s'exclamait. On avait écarté les chaises de la table, on les avait poussées contre les meubles et les murs, tout le monde avait pu s'asseoir. Il y avait là beaucoup de femmes. On était tout près du poêle, la fonte rougeoyait, j'avais les mains moites. Je replaçais ma mèche, je ne savais sur qui poser les yeux. J'essayais de comprendre, d'interpréter les gestes. L'une des tantes racontait une anecdote, Wanda fronçait les sourcils, hochait la tête, acquiesçait, plantait la petite fourchette dans l'assiette, portait à la bouche le morceau de gâteau, elle mâchait, à l'aveugle se saisissait de sa tasse, la reposait, trop chaud ce café. Avec la fourchette j'inspectais la pâtisserie, une pâte briochée, une couche de pommes cuites, presque fondues, des brisures de beurre et de sucre mêlés, dorés. Hanna me criait c'est du *placek*, Kurt, c'est du placek, goûte. J'ai goûté. Du costaud. Hanna m'interrogeait, je plissais les yeux et secouais la tête pour lui répondre que ça allait, pas mauvais, bon même. Elle avait l'air contente, elle secouait le bras d'une autre tante et lui parlait à l'oreille, la tante me souriait, me faisait signe de manger. De l'index elle me montrait son biceps, faisait mine de contracter en gonflant les joues, Hanna ça l'amusait beaucoup.

Je m'essuyais la bouche sans trop appuyer, de peur de salir la serviette brodée. Je ne savais pas si ça dérangerait que je me mette à fumer. J'aurais aimé capter l'attention de Stanislas, qui se trouvait tout près de la porte, qui racontait une blague. Sa voisine avait la main devant la bouche, attendait la chute, prête à éclater de rire. Toutes les femmes étaient impeccablement mises, élégantes comme pour une cérémonie, pimpantes comme pour un rendez-vous amoureux. Toute la famille était rassemblée, sans raison particulière, la réunion de famille rituelle. Pour moi c'était une première. Nombreux étaient les absents. Si elles s'étaient faites si belles c'était pour ces maris qui, un jour, à force de travail, étaient définitivement restés au fond.

Irina racontait. Plus de trente ans qu'elles étaient arrivées. Leurs parents, des travailleurs jetés dans la cohue des quais du Havre. Aussi heureux que déboussolés, ils avaient longé dans la puanteur des fumées les coques immenses des navires. Par où devait-on aller ? À qui devait-on s'adresser ? Les consignes n'avaient pas été très claires. Ou alors on avait mal écouté, possible. Hommes et femmes portaient valises, vaisselles, chaises, meubles, on ne pouvait tenir la main des enfants. Les enfants ne couraient pas, ils se collaient aux jambes des parents, se dépêchaient de fuir l'hystérie des docks. Les plus robustes ployaient sous le poids des valises de carton et de cordes, on avait encombré les autres de couvertures, de paniers trop grands, paniers où se terrait un lapin, s'agitait un poulet. Adultes comme enfants pressaient le pas, usés, vidés par la semaine de navigation. C'est qu'elle est mauvaise la Mer du Nord, elle cogne la proue des navires, donne des coups de pied au ventre. Cette écume blanche, sur ces vagues noires. Ceux qui sur le pont s'étaient retrouvés trop près du bord étaient arrivés trempés et grelottaient encore sur les pavés glissants. Pas moyen de se réchauffer. Entassés, qu'il avait fallu quitter la Pologne, naviguer au large de l'Allemagne et de la Suède, du Danemark et de la Norvège, ce furent encore les côtes allemandes, bientôt les Pays-Bas. De l'autre côté l'ombre du Royaume-Uni. Quelqu'un pensait qu'on avait déjà passé la Belgique. Au loin ce devait être Calais, on en avait entendu parler de Calais. Sans doute que le plus dur était passé, et il fallait voir le bon côté des choses. Le travail nous attendait. On aurait de quoi manger, un toit sur la tête, des maisons neuves même, on vivrait en communauté. Si l'église manquait on la construirait.

Déjà des liens s'étaient tissés, on avait eu le temps de faire des rencontres. Sur le pont qui tanguait on avait appris à se connaître. Jean et Wanda alors si jeunes y avaient échangé leurs premiers mots, leurs premiers regards. Les parents venaient de sympathiser sur ce navire chahuté par la mer. Wanda avait vomi tout le long, Jean n'avait jamais paru gêné. Il était resté près d'elle, à ses côtés. Simplement désolé, démuni. À la fin il lui tenait le poignet. Un poignet déjà pas bien épais, mais personne ne venait en France pour lambiner, Wanda le savait. Tous on le savait. On allait leur montrer aux Français, comment on travaillait, le travail ne nous faisait pas peur. Des hommes attendaient au bout du quai. Nous nous sommes agglutinés au bout du quai, on nous a demandé qui savait faire quoi, on nous a répartis en groupes. Mon père était abatteur, comme vous l'avez été, Kurt. Certains partiraient en direction de l'Aube, d'autres pour la Lorraine. Pour d'autres encore ce serait le Nord, ou le Pas-de-Calais. Déjà les trains attendaient.

Irina racontait un peu en allemand, un peu en français. De temps à autres un aparté en polonais. Les autres acquiesçaient. Ils écoutaient comme à la messe. Comme dans les anciens temps, lorsque le village se réunissait autour d'un feu pour parler d'histoires lointaines, d'ancêtres et d'aïeux changés en êtres mystérieux, aux contours vagues, aux traits simplifiés. Elle me fascinait. Sa voix avait quelque chose de profond, de clair et de caverneux, son corps paraissait habité par les mots. Son accent, roulant, chuintant, rendait l'épopée plus belle, plus poétique. Assise sur sa chaise, elle se tenait dans une extrême dignité. Dans son regard je lisais la perte des êtres aimés, la joie de raconter.

Elle était heureuse que nous soyons réunis. Sur le prénom de Kurt elle mettait enfin un visage. Il n'était pas déplaisant, ma foi ! Bel homme. Élégant. Wanda avait bon goût, ça se confirmait. Stanislas lui demandait si elle avait pour projet de m'épouser. Malgré le dégât des années. Elle n'était plus toute jeune, Irina. Goujat. Elle ne ferait jamais ça à Wanda. Certaines avaient encore bonne réputation. Elle avait des principes, et bien que ça soit difficile, parfois, surtout devant un si beau spécimen, regardez-moi ces épaules, ce cou musclé, ce dos, elle savait résister aux tentations. Quoiqu'en dise monsieur le curé. Ne jamais l'écouter. Ce corbeau. En tout cas, elle, elle ne l'écoutait plus. Hanna riait. Wanda tirait sur sa jupe, vérifiait que ses bas n'étaient pas filés. Elle levait ses yeux bleus vers moi. Timides et vainqueurs.

Ils avaient laissé la grande fenêtre ouverte, l'air de polka enjôlait le jardin, la rue pavée, la façade des maisons. Les femmes se sont glissées entre le potager et le rebord de la fenêtre, se marchaient sur les pieds, se pinçaient le dos, elles se giflaient les épaules. Elles jouaient, on aurait dit de très jeunes filles. Wanda me lançait un clin d'œil, elle avait posé les mains sur les épaules d'Hanna, j'ai mis les pieds dans la terre, sali mes nouvelles chaussures, je suis revenu sur le gravier. Je ne comprenais rien mais de toute évidence les tantes me charriaient. J'ai trouvé une place, derrière Wanda et Hanna. J'avais remis ma mèche comme il fallait. Nous avons tous levé la tête, le menton bien haut. Stanislas, là-bas, à l'autre bout du potager, piétinait, râlait, ces messieurs dames étaient-ils prêts ? Le plus beau sur la photo, ce sera moi, qu'il criait ! En tout cas ce ne sera pas ma sœur ! Ni Kurt. Évidemment. Plus personne ne bougeait, à peine on respirait, la polka tournait, elle tournait, le silence s'est mis à danser, souriez ! L'obturateur du Kodak s'est enclenché. Une nouvelle photo à glisser dans la boîte en fer blanc.

Il donnerait un petit coup de binette avant de partir, on ne pouvait pas laisser le jardin dans cet état. Jardiner, moi, je n'aimais pas. Arracher les mauvaises herbes et les pissenlits, trop de mauvais souvenirs. Au camp minier, rapidement, il n'y avait plus rien eu autour des baraques. Pour améliorer l'ordinaire, on jetait la maigre récolte de verdure dans le bouillon clair. On mangeait en cercle, histoire de ne pas se retrouver seul face à sa gamelle, gamelle cabossée de partout, sur cette terre nue, sous laquelle jour et nuit ça creusait, se planquait tout le boucan des galeries, pas le boucan du chevalement, pas celui des trains de marchandises. Tout cet espace autour, griffé par les barbelés, hanté par les grognements, les plaintes, surtout depuis que certains couchaient dehors, se recroquevillaient sous leur couverture, quand elle n'était pas trempée. On nous faisait travailler comme des mulets, les veines nous apparaissaient sur le corps, les joues se creusaient, qu'importe, des prisonniers il y en avait, et des milliers, un million dans le pays, il paraît, sans compter ce qu'on pouvait espérer. La guerre était terminée. Il fallait continuer. Assiégés par les gardes, régis par les chefs de groupe désignés. L'appel collectif dans la cour, impossible d'y échapper. Dans les galeries ça piquait la roche, ça poussait les berlines, ça dégageait les tailles, ça étayait, les jambes molles, le ventre creux. Des morts il y en avait, les malades faisaient sous eux. Très peu parvenaient à s'évader, beaucoup y songeaient. Pas moi. Je regardais ce qui restait de notre armée, ce qui restait de l'ombre d'une armée, qui sombrait dans la terre et la misère, dans l'argile boueuse et la poussière de charbon. Je devais en être. Malgré la désertion, je devais en être. De tous ceux-là, de tous ceux qui m'entouraient. Je n'avais pas oublié qu'à l'extérieur les Français n'avaient pas plus à bouffer, qu'ils étaient rationnés. Malgré ça, il arrivait qu'ils viennent aux clôtures, en cachette ils nous passaient un peu de nourriture. Je n'avais pas oublié les photos que les gardes étaient venu ficher sur le piquet aux nouvelles. Piquet autour duquel on s'était amassés. Les plus stupides, les plus endoctrinés y voyaient de la propagande américaine, ou soviétique. La plupart, même ceux qui se doutaient, même ceux qui savaient, restaient pétrifiés devant ces photos de corps décharnés, devant ces tas de cadavres. Des centaines d'Allemands se bousculaient dans une rumeur silencieuse, se bousculant sans heurts, lentement, les bras le long du corps, pour pouvoir voir. Fascinés. Pour devoir détourner le regard.

Avec la pointe de la chaussure Stanislas a écrasé son mégot. Il me trouvait peu causant. Je restais là, comme ça, pensif. Peu réceptif à ce qu'il disait. Vrai qu'Irina manquait de délicatesse, mais bon. On ne la referait pas. Il voulait maintenant que je l'écoute. Il fallait qu'il m'explique. Bientôt le potager ce serait à moi de l'entretenir. Désherber. Bécher. Biner. Mais si. Rangs d'oignons ici, là-bas le chou, tout le long de l'allée des patates. Si besoin il m'aiderait. Bien entendu, je faisais comme je voulais. C'était l'exacte copie du potager de l'ancienne maison, c'est-à-dire du potager de Jean. Jean faisait comme ça, Stanislas avait continué. Ce n'était pas vraiment à son idée mais Wanda préférait. Une bonne terre, ça donnait bien. Les deux petits vieux d'à côté étaient bien contents. Ils n'avaient même pas besoin de cueillir. Stanislas leur préparait un petit panier, sans oublier carottes et poireaux. Que je ne m'étonne pas que le vieux inspecte en passant, pour lui c'était surtout histoire de tuer le temps. Le vieux disait que de regarder pousser ça lui suffisait. Stanislas était certain que le vieux et moi serions bons copains. On avait en commun ce goût pour la contemplation. L'effroi du râteau. Le vieux s'appuyait sur sa canne et pliait les genoux, il pouvait rester comme ça un quart d'heure. Ce serait bien que j'ajoute un petit banc sous l'arc. Traditionnellement on mélangeait fleurs et légumes, une rangée de chaque. On mêle l'utile à l'agréable. Une belle rangée de fleurs, une belle rangée de légumes. Hanna serait contente, elle aimait s'accroupir au beau milieu, les beaux jours venus, s'y asseoir, perdue dans ses pensées. Une coccinelle sur le dos de la main.

On venait à peine de rentrer. Je me frottais les mains au dessus du poêle. Stanislas s'est excité. Hanna a ouvert la porte des escaliers, et tout le monde l'a écoutée monter et descendre. Elle avait dans ses bras un étui, Stanislas l'a remerciée, on a fait de la place sur la table. Hanna est redescendue plus lentement, encombrée, elle a dit, tiens, Kurt. Stanislas et moi nous sommes accordés, on s'est demandé ce qu'on pouvait bien jouer. *Nuages* ? Est-ce que je savais jouer *Nuages* ? Et pourquoi pas *What kind of friend* ? Va pour *What kind of friend*.

Laisser le violon swinguer, le chorus comme un sourire, une voix sans filtre, chaleur qui fait des claquettes, voix d'un crooner jour de grand bleu, qui feint de laisser tomber, se tait pour mieux réapparaître, fantaisie, hors-temps, qui joue la grimace, gammes tirent la langue, en distorsions, en pullings, glissandi, accords trémolo, réjouis, dans les graves reprendre son élan, sauter dans les aigus, retour au chorus, rebondir, sauter pieds-joints, sauter, encore, ensemble, ça monte, dissonance, bras ouverts.

7.

Pas si confortable, le canapé. Les capitons, ils me rentraient dans la chair, dans le dos, dans les os, le drap épais préparé par Maria n'y faisait rien. J'en avais des bleus à regretter ma paillasse. La nuque qui se raidit, la position légèrement recroquevillée qui contracte la cuisse. Double massage au lever, appuyer avec les pouces, descendre jusqu'au genou, en soufflant entre les dents, en fermant les yeux. Quand Stanislas était de nuit ou de l'après-midi, quand Maria se préparait, elle étouffait ses gestes et ses déplacements, il arrivait que je les oublie. Impression d'être seul, que j'avais un chez-moi. Ces jours-là je rechignais davantage à mettre les pinces à mes bas de pantalons, plutôt que de grimper sur le vélo et d'appuyer sur les pédales je serais bien resté allongé à rêvasser, malgré le tableau accroché au mur du salon.

Soirs et matins devant moi le *Petit enfant qui pleure*, à la main le gamin tenait un bouquin. Son regard perdu quelque-part sur le côté, le fond sombre, délavé, dans les tons bistre ou verdâtre. Un enfant bien mis, au col de chemise serré. Elle était blanche la chemise, autour du cou un ruban rouge. Une grosse larme coulait sur la joue. On ne voyait que ça, le peintre aurait pu se contenter de lui mouiller les yeux, des yeux qu'il avait immenses. Une énorme larme brillant d'on ne sait quelle lumière. Un truc à vous filer le cafard tout le jour, à hanter vos nuits. Je l'aurais bien recouvert de mon drap le *Petit enfant qui pleure*. Stanislas était d'accord, on avait connu plus gai. En vérité ce tableau il ne pouvait plus le voir. Maria disait que c'était sa place, là, il était bien. Pas question qu'on le cache, ce serait ridicule. Elle ne l'adorait pas, pas sûr qu'elle l'ait jamais aimé d'ailleurs, mais on n'y toucherait pas c'est tout. Hanna l'avait choisi. Il n'y avait pas à discuter. Stanislas m'a suggéré de m'allonger dans l'autre sens. Tant pis si j'avais vue sur la porte d'entrée, tant pis pour les ombres glissant derrière la vitre dépolie, je me calais bien, un coussin derrière le dos, je dépliais mon Paris-Turf, et le défroissais d'un coup sec.

Maria tenait à me préparer mon petit-déjeuner. Pour mon casse-croûte, Wanda s'en chargeait. J'avais bien essayé de râler, de leur rappeler que jusque là j'avais bien réussi à me débrouiller tout seul. Qu'est-ce que je n'avais pas dit là. Leur nez avait tourné. Dans le train elles avaient discuté sans me prêter attention. Je me sentais comme un gosse qu'on avait rabroué. Ouvrières et ouvriers grimpaient dans le compartiment, entraient dans la lumière blafarde. Entre deux arrêts les wagons traversaient la campagne, ce n'était plus la nuit mais ce n'était pas encore le jour. Je vérifiais sans raison mon sac, le contenu de mes poches. Apparaissaient les baraquements, là-bas. Petites maisons en bois, petits chalets, alignés. Curiosité perdue au beau milieu des champs. Tout près des chevalements. Il n'y avait pas si longtemps que j'avais quitté mes camarades mais leur monde me semblait appartenir à un passé lointain. Je pouvais me souvenir de l'odeur du poêle et de celle des lits. De celle de la nourriture. Je pouvais me souvenir de la sensation rassurante que provoquait le contact du bois contre mon épaule, au moment de se rendormir. Quotidien rythmé par les postes de ceux qui travaillaient encore à la fosse, par les trois-huit. Peut-être qu'à cette heure entre les cloisons fines ça discutait, ça rigolait, peut-être qu'on s'engueulait, qu'on ronflait, après s'être écroulé sur la paillasse, fourbu. Peut-être qu'on lisait le courrier d'un ami persuadé que l'Allemagne saurait se redresser, chacune de ses lettres évoquait la joie d'avoir embrassé ses parents, sa femme, son enfant, sur le quai, le jour béni du retour. On prenait la plume, comme je l'avais fait les premiers temps, pour donner des nouvelles aux copains. Pour répondre à la famille, qui, décidément, ne comprenait pas.

Les Français nous avaient gardés si longtemps. Ils avaient tant bafoué nos droits. Même les États-Unis avaient fini par s'en indigner. Des journaux en avaient parlé. On aurait dit qu'ils n'en avaient jamais assez, les Français. L'Armistice avait été signé, voilà un an, deux ans, l'Allemagne attendait toujours ses enfants. La France en voulait toujours plus. Elle en réclamait aux Anglais, aux Américains, qui s'étonnaient, qui s'interrogeaient, ils arrêteraient les transferts de toute façon il était temps de les libérer, les prisonniers, dans certains camps on crevait de maladie, de faim, d'épuisement. Arrêtons les frais. Encore et toujours la Croix Rouge criait au scandale, en appelait à la Convention de Genève. La France n'en ferait qu'à sa tête, ses intérêts primaient. Il fallait continuer de réparer ce que nous avions détruit. Il fallait continuer de déblayer. De reconstruire les routes, les quartiers. De nettoyer et de cultiver la terre des paysans, cette terre lourde d'où remontaient parfois des obus, des grenades de la guerre de 14. Il fallait déminer les plages de Normandie, traîner derrière soi une chenille de tank ou sonder le sable avec un bout de bois, avant de creuser à mains nues. Descendre à la fosse. J'étais de ceux-là, mineur de la première heure, asphyxié par la peur panique des éboulements, ou des coups de grisou. Du temps passait. En Allemagne les familles, les épouses, les enfants trépignaient d'impatience. On entendait dire qu'on allait nous autoriser à rentrer. Ce n'était plus une rumeur. Mais le gouvernement français proposait aussi que nous restions. Du moins quelques temps. Nous serions vraiment payés. Comme n'importe quel civil. Nous serions libres. J'ai accepté. Je n'étais pas le seul. Au pays personne ne comprenait. Pas même mon père qui pourtant ne me pardonnait toujours pas d'avoir déserté. Il m'ordonnait de me rendre à la gare billet en poche et papiers en règle, de passer la frontière. Il m'ordonnait de revenir à la maison. La main tremblante je répondais que la honte paraissait plus supportable ici. Je ne serais jamais français. Plus jamais je ne serais allemand. Malgré mes papiers d'identité. Petit à petit je retrouverais un visage, l'ouvrier prendrait le pas sur le prisonnier. On nous laisserait les baraquements. De quoi payer notre dette, librement. Une dette de guerre pour laquelle il n'existait aucune monnaie.

Wanda me faisait la tête. Je l'avais contrariée. Elle avait son air. Qui avait le don de me paralyser. Ces lèvres fermées, ces traits tirés. Je préférais cet autre visage, celui qu'elle m'offrait lorsque le matin je passais la porte de la maison, après avoir rangé mon vélo à côté du Solex de Maria, dans la courette. Elle finissait de se préparer, se dépêchait, donnait les consignes du jour à Hanna en enfilant son manteau, en nouant son foulard, elle venait vers moi, elle prenait ma tête dans ses mains, ça a été la route ? Frisquet ce matin. Elle m'embrassait d'un baiser bref et doux, tu n'as pas eu le temps de te raser ? Vivement que les Houillères se passent de garde, ou qu'on trouve un lieu où déménager. Je collais mes lèvres contre la joue d'Hanna, ça va tu as bien dormi ? Vous faites quoi aujourd'hui à l'école ? Elle s'agenouillait pour frotter mes pantalons à hauteur des mollets et ôtait la boue, elle allait chercher un linge humide quand ça ne voulait pas partir, laisse-donc, on ne va pas au bal, ni au mariage. Et je vais bien trouver à me salir entre ici et la sucrerie. Wanda attendait sur le palier avec Maria. Ça ne sert à rien de te démener comme un beau diable sur ta bécane si c'est pour qu'au final on loupe ce fichu train.

Maria. Je la soupçonnais d'être partie de chez elle plus tôt que d'habitude. On aimait faire la course. Je ne m'économisais pas. Je donnais tout ce que j'avais. Travaillais à une coordination parfaite. Répartissais l'effort de chaque jambe afin de créer une rotation fluide, sans à-coups. La cheville souple, chercher le déroulé parfait, rouler le plus vite possible en ménageant mes forces. J'aurais pu faire le Tour de France, avec mon vélo de ville au pédalier et la chaîne impeccablement graissés. Suer comme ça pendant des heures. Dans le dernier kilomètre la douleur irradiait, ça ne m'empêchait pas de tracer, cette fois-ci j'allais y arriver, je l'entendais dans mon dos, le vrombissement aigu se rapprochait, l'intensité sonore croissait, grignotait le frottement absolument silencieux de mes moyeux, mes yeux piquaient, je savais que ceux de Maria aussi, elle y voyait un peu moins que moi, ça ralentissait un tantinet sa progression, elle finissait toujours par me rattraper et me dépasser en hurlant un Allez Kurt plus vite mon garçon on a les Fritz, les Chleus, les Têtes-carrées et les Casques-à-pointe sur les talons !

Comme un soulagement, le jour où j'avais été fait prisonnier. Pas question de faire demi-tour, j'ai continué sur cette petite route de campagne en direction des militaires anglais. Ils n'étaient pas nombreux. J'appuyais doucement sur les pédales du vélo, suffisamment pour avancer en roue libre, ça descendait un peu. Ils dressaient leurs armes contre moi. Bien garder les mains sur le guidon. Mon uniforme était resté dans le sac, j'étais en civil, ils ne me tireraient pas comme un lapin. Je suis descendu, j'ai laissé le vélo tomber dans le fossé, je ne devais pas être très loin de la frontière française. J'ai levé haut les mains, je les ai laissé venir, j'ai décliné mon identité. Ils n'ont pas paru surpris, ils n'ont pas tiré. L'un d'eux a pointé le canon contre ma poitrine, ils ne m'ont pas plus rudoyé que ça. Ils m'ont fouillé, je n'étais pas armé. Ils m'ont demandé de sortir tout ce que j'avais sur moi. M’ont dépouillé de quelques effets personnels. De ma montre.

Tous les trois nous descendions du train, le chef de gare de l’usine partait de l’autre côté en tapotant le bâton-pilote contre sa cuisse. Wanda me tirait la manche, je m’attardais trop longtemps. Lui et moi poursuivions notre conversation silencieuse. Ses mots je les portais en moi comme lui portait képi et manteau réglementaires. Ses mots toujours à peu près les mêmes, aux femmes d’ici je n’avais pas droit, si on me tolérait c’était pour mes bras. Infinies variations sur un même thème. Petite musique entêtante, tourbillon nerveux qui me mettait les nerfs à l’envers. Je tentais de me raccrocher aux conversations. Sous les casquettes et les foulards bien serrés sous le menton ça causait de tout et de rien. Le petit qui n’aimait pas l’école, ça finirait par poser problème, d’ici quelques années il faudrait penser à le faire embaucher. Le bal de samedi avait tenu toutes ses promesses, l’orchestre en pleine forme, un mal de pieds je ne vous raconte pas, on venait de s’acheter de nouveaux souliers, avant de valser sur le parquet on aurait dû mieux les casser. Le chef était content de l’équipe, on avait réussi à tenir le rythme. Ce n’était pas des histoires, le grand patron vivait dans une sorte de château, il passait de temps en temps, une fois même on lui avait serré la main, pas chiens. Quand on voit les cadences, on n'était peut-être pas les plus à plaindre, non, mais à force de relativiser, qu'est-ce qu'on finirait par accepter ? Il faudrait augmenter de nouveau les salaires, jamais on n'avait tant exporté de sucre, si ça continuait le patron, il se retrouverait devant un piquet de grève, qu'il se méfie pépère. Oui, tout cela je l'entendais, mais ça tournait autour de moi, mais ça glissait, sans épaisseur, volatile, le chef de gare avait disparu dans le brouillard, la file des wagons de bois avait semblé le rejoindre dans la rumeur étincelante et étouffée du matin. Je me suis arrêté, faisant mine de refaire mes lacets. Wanda m'attendait. Je lui ai dit d'avancer, j'arrivais. Les camarades s'éloignaient, le groupe se divisait, s'engouffrait dans l'usine, je restais là, genou à terre, la joue collée contre le tissu froid et humide. Près de la clavicule se formait une boule, ça empêchait le sang de passer, les poumons asphyxiés, je peinais à respirer, j'ai senti qu'on me donnait une tape dans le dos. C'était Jacques. Il ne se retournait pas, il rejoignait le bâtiment.

8.

Ils appelaient ça le tir à l'arc à la perche verticale. Là-haut sur la herse la silhouette des oiseaux de bois, le vent les faisait trembler. J'avais regardé les autres faire, se pointer au bas du mât, tordre leur corps, décocher. La flèche montait, perdait de la vitesse, parfois passait au travers, et alors il semblait que c'était elle l'oiseau, la flèche, elle déviait de sa trajectoire, elle se cambrait. Comme un corps en suspension. Le plus souvent on entendait l'impact, et l'on s'écartait pour ne pas avoir le crâne fendu. Quelqu'un ramassait, on comptait les points. Je n'avais rien demandé, je m'étais approché par curiosité. L'arc on me l'avait tendu. Avec le visage on avait désigné le haut du mât, et on s'était poussé pour que je me mette en position. Le cercle s'était reformé. J'avais toussé un coup, grimacé, chantonné une chanson qui n'existe pas, soupiré. Plus rien que le bruit du petit vent frais dans la pâture. Tous me regardaient, attendaient. Tirer le coude vers le sol, bander ses muscles, ignorer la douleur qui vite monte dans le dos, décocher. Le tir manquait de puissance, la flèche grimpait, atteignait la première rangée, touchait, suffisamment, la cible s'est soulevée, je la regardais tomber, il y a eu un froissement dans l'herbe. Comme je ne bougeais pas un type est allé ramasser l'objet, il s'est approché, j'ai tendu la main. Nous étions en cercle autour de ce mât, à nous relayer, sous cet arbre d'oiseaux imaginaires, sous ce théâtre d'ombres, pour tenir, un instant, quelque chose comme un bout du monde.

Le type a marché vers moi, il a souri, il a dit, on est voisins, viens, on va au bistrot du coin. Je n'avais pas de quoi, il m'invitait, pas de manières. On s'est engagés dans la cité, on a remonté la rue, il a poussé la porte, souhaité le bonjour à la compagnie, on s'est installés. Il prenait des nouvelles autour de lui, évoquait les dernières performances de la fosse, titillait les pieds d'un bambin qui était sur les genoux de sa mère, il parlait de ses pigeons, certain que le bambin n'en verrait jamais d'aussi beaux, il promettait que bientôt Zénon les lui montrerait. Promis. Les bières tiédissaient, il jacassait, amusait la galerie. Avec la tranche de la main il raclait la table, récupérait les miettes de pain.

J'avais peut-être déjà entendu parler de lui. Et pas en compliments. Tout le monde avait ses défauts. Sa langue allait trop vite, elle allait plus vite que sa tête. Il ne pouvait s'empêcher. Sans cesse à l'affût de la moindre nouvelle. Il aurait pu travailler pour les services secrets. Il ne s'était pas fait que des amis. Le moins qu'on puisse dire. C'était ainsi. Mais il se soignait. Du moins il essayait. Je n'avais pas à m'inquiéter. S'il m'avait invité c'était par simple courtoisie. Histoire de discuter. De faire connaissance. Bien qu'il sache déjà énormément de choses à mon sujet. Ou plutôt il avait entendu des rumeurs. Pas mal de rumeurs. De toutes sortes. Je n'étais peut-être pas au courant. Il suffisait de changer de rue pour se demander si on parlait toujours du même bonhomme.

Pour certains cet Allemand qui depuis quelques temps allait et venait dans la cité serait un ancien SS. Un vrai loup. On disait que la Machinsky l'avait croisé dans la cité, un soir, alors qu'elle rentrait chez elle. On disait qu'il s'était avancé dans sa direction. Malgré son arthrose la Machinsky avait détalé, couru comme à ses vingt ans, elle avait failli avoir une attaque, la vieille. On la comprenait. Pensez. Il faut s'imaginer. Un SS. Sans sentiments. Sans émotions. Et on voyait bien que c'était un malin. Que rien ne pouvait l'arrêter. Au moment de la débâcle il aurait descendu un autre Boche, un simple soldat, pour lui piquer ses papiers. Sans imaginer qu'il finirait à trimer dans un puits de mine. Pas un truc pour les officiers, en théorie. Dans le camp minier il avait vite semé la terreur. Réussi à mettre à ses pieds tous les autres prisonniers. La direction du camp lui avait trouvé une place à la sucrerie, histoire de calmer le jeu. Comme soudeur. Là-bas qu'il avait rencontré Madame Wanda.

Pour d'autres, cet Allemand serait un peu idiot. Un simplet. Suffisait de voir comme il pédalait. Un vrai dératé. Il n'irait pas plus vite s'il avait tous les Rouges à ses trousses. Mais il n'avait pas toujours été comme ça. La faute à la bataille de Stalingrad. Ça lui aurait tout remué le là-haut. Il n'était pas tout à fait crétin mais enfin ça l'avait sérieusement abimé. Aux dernières nouvelles, il accompagnait Madame Wanda à l'usine mais il repartait aussitôt, pour marcher dans la campagne. En attendant qu'elle ait fini sa journée. On avait du mal à comprendre le choix de cette femme. Et elle n'hésitait pas à se montrer en sa compagnie. Vraiment dommage, une femme si intelligente, si distinguée. Est-ce qu'elle pensait à la petite au moins ?

Sincèrement, qu'on raconte tout et n'importe quoi au sujet de Kurt Haak, qu'on réinvente, jour après jour, sa vie, ça lui importait peu à Zénon. Il espérait que je comprenais. Madame Wanda, il l'aimait bien. Il avait travaillé avec Jean, son défunt mari. Un courageux, et gentil avec ça. Un dur à la tâche, mais qui savait penser collectif. La solidarité il savait ce que c'était. Il était parti trop tôt. Comme beaucoup. Lorsqu'il avait appris que

Jean avait fini d'étouffer, Zénon avait eu de la peine. Bien sûr il s'était rendu à l'enterrement. Madame Wanda il ne la connaissait pas plus que ça, mais quand-même. Une femme bien, elle ne se serait pas collée avec n'importe qui. Pendant des années elle avait choisi de vivre toute seule, elle n'avait pas couru après un troisième mari, ç'aurait été étonnant qu'elle se déniche un cinglé ou un benêt. Il ne me poserait aucune question, qui j'étais, mon passé, ça me regardait.

Il raclait de nouveau la table. Il n'y avait plus rien. Plus une miette. Il faisait pourtant encore le geste de jeter ça par la fenêtre ouverte. Sans doute pour faire taire le bruissement de la peau contre le bois les clients reprenaient doucement leurs conversations. Je le remerciais. Pour m'avoir dit tout ça, pour la confiance qu'il m'accordait, pour l'attention à l'égard de Wanda. Il s'était agenouillé dans la pâture, il m'avait tendu la cible. Il a eu un rire triste. Il n'y avait pas de quoi. En vérité, il s'était senti mal à l'aise, au bas du mât. Si on m'avait tendu l'arc c'était pour mieux observer ce Haak dont toute la cité parlait. Ses mains ne bougeaient plus. On aurait dit qu'il avait cessé de respirer. Il regardait le bois. Il ne regardait rien.

Le garde je ne l'ai pas vu arriver. Sorti de nulle part, me posant la paluche sur l'épaule. Il n'était pas très frais. Zénon n'a pas écarquillé les yeux. Il n'a pas eu l'air étonné. Juste il a soupiré. M'a demandé si je voulais un autre demi. Le kapo du quartier a dit je sais qui tu es, ce que tu fais. Tu croyais pouvoir me berner ? C'était mal me connaître mon gars. Car j'ai l'œil. Et des oreilles un peu partout dans la cité. Madame Wanda me déçoit. Elle aussi m'a pris pour un imbécile. C'est une belle femme, n'est-ce pas ? Un beau petit bout de femme. Dire qu'elle n'aurait même pas eu besoin de changer de maison. Tu le sais ça, Tête carrée et Casque à pointe ? Je rigole, camarade. Nos pays ont toujours été amis ! Ici, dans la Cité, c'est moi qui décide. Dans les Bureaux de toute façon ils ne savent que ce que j'en dis. Je crois à l'ordre. Ça devrait te parler, ça, l'ordre. L'ordre c'est quand tout est rangé. Comme ça. Que rien ne dépasse. Tu comprends ? Et toi tu dépasses. Tu dénotes dans le paysage. Tu vas, tu viens. Certain que tu passes tes nuits ici. Je me demande bien où tu peux planquer ton vélo. Tu te crois fortiche ? Écoute-moi bien. Il y a des règles. Si je voulais Madame Wanda on la mettrait à la rue. Elle pourrait se chercher un autre logement, avec la petite. Mais je vais être bon prince. Le jour où tu recevras ta quinzaine, tu vas en prendre une partie, et glisser tout ça dans une enveloppe, et cette enveloppe je passerai la prendre. À Madame Wanda peut-être que je ne demanderai rien. Gentleman. Alors on est d'accord ? Tope-là mon gars. Je n'ai rien contre toi. On en discutera une fois si tu veux, pendant la guerre j'ai eu beaucoup d'amis dans ton genre. Quelle histoire. Bon allez c'est pas tout ça, bobonne qui m'attend à la maison. Et toi surtout n'oublie pas. Je ne te dis pas combien tu me dois. Madame Wanda connaît mes tarifs. Tout le monde les connaît. Tu as de la chance, c'est vraiment une chouette femme. Une *Dame*, même, je dirais.

Zénon est revenu avec les deux demis. Il chatouillait la bouille du petit toujours assis sur les genoux de sa mère, il complimentait la jeune femme, c'était vraiment un beau garçon, il ne se souvenait plus de son prénom, rappelez-le moi déjà ? Il faudrait vraiment qu'elle passe à la maison, pour que le petit voie les pigeons, avec son mari, bien entendu. Respect. Elle avait de la chance d'avoir un enfant si souriant. Quand il aura ses dents, la vie il croquera dedans. À toi aussi, Kurt, il faudra que je te les montre, mes pigeons, pas aujourd'hui, dans la semaine, si tu as le temps. Ma passion, les pigeons, les *coulons*, tu peux demander au garde. Ah ben tiens, justement, il est là, juste là, près de moi, tout près, c'est qu'il m'aurait fait peur, dis-donc monsieur le garde, tu vas rester jusqu'à la fin des temps ? Ton épouse se demande déjà assez bien par où tu traînes. Par où tu es passé. Remarque, pendant que tu es ici on ne te cherche pas sous les draps des veuves. Elle est au courant, ton épouse, de tes petites excursions humanitaires ? Je veux bien me charger d'aller lui dire, moi. Ça ne me dérange pas. Au contraire. Aucun problème. Serviteur.

9.

J'ai sorti la boîte en fer blanc. Elle avait les deux mains posées sur la table, elle les avait croisées. Sage comme une image. J'ai soulevé le couvercle, au-dessus la photo que Stanislas avait prise dans le jardin. Dessous, l'article de la sucrerie. Je l'ai montré à Hanna, elle s'en est emparé comme d'un objet précieux. J'ai fouillé pour trouver les lettres de ma mère. Elles n'étaient pas nombreuses. Les autres étaient parties en lambeaux, un jour qu'il avait plu très fort. Je les avais dépliées, je les avais vues s'arracher, de toute façon l'encre s'était étalée, de vrais buvards, il n'y avait plus rien à lire, plus rien à sentir. Le papier, ma mère, elle le parfumait. Dans la boîte ne restait que les lettres reçues au camp. Elle écrivait dans les marges autant qu'elle pouvait. Des pages saturées de mots, des mots tout petits. Elle essayait de me donner du courage, la guerre terminée on me laisserait revenir à la maison. Elle et mon père s'étaient réfugiés à la campagne, un jour on se retrouverait tous à Tempelhof. L'immeuble serait reconstruit. Elle essayait d'imaginer ce que je vivais, dans les baraques et sous terre, même si j'avais essayé de ne pas trop l'affoler. J'avais passé sous silence les vieux sabots qu'on nous avait refilés pour descendre. On glissait, on se blessait les pieds, les entailles s'infectaient. On n'avait aucune expérience, on devait être aussi rentables que les mineurs de métier. La Compagnie aurait mieux fait de me donner quelque chose à souder. Ma mère ne me parlait jamais de mon père, qui disait m'avoir renié depuis que j'avais déserté. Je me suis sauvé quelque part entre la Norvège et le Front Russe. On allait au charnier. Tout sauf les Rouges. J'ai abandonné mes camarades. J'ai marché, j'ai volé un vélo, direction le sud. Jusqu'à ce qu'on m'attrape. Ma mère disait qu'elle m'attendait, et qu'elle n'était pas la seule. Et puis ses lettres ont été plus rares, j'avais choisi de ne pas rentrer, j'avais laissé une femme derrière moi, le ventre gros. Elle ne me le pardonnait pas. Elle ne m'écrirait plus. J'avais fait mon choix. Son fils était un lâche. Son fils n'assumait pas ses responsabilités. Son fils était un enfant. Un enfant qu'elle n'aimait plus. On en resterait là. Voilà.

Je montrais à Hanna les photos prises aux baraquements. Quand la plupart des camarades étaient partis. Le camp s'était vidé en quelques semaines. Il y avait eu quelques échauffourées. Je m'étais battu avec un gars qui espérait le retour des nazis. Il ne me paraissait pas moins fou que Zinzin. Si Hitler avait été tué de grands responsables s'étaient réfugiés dans d'autres pays. On travaillerait ensemble, en secret. Nous n'avions pas fini le boulot.

Qu'il disait. Ce type me considérait comme un traître, je n'avais jamais nié ma désertion. Il me pensait communiste, j'étais la honte de mon pays. Notre pays n'existait plus. Plus vraiment. Je n'étais pas communiste. J'étais resté anarchiste, un peu. Dans la lignée des Spartakistes. Au Nazillon je n'avais aucun compte à rendre. Il faisait le malin mais retourner chez lui c'était se retrouver en zone russe. Des Communistes, il risquait d'en croiser. Et pas qu'un peu. Il s'est énervé. Il manquait d'humour, je lui ai donné deux-trois coups de poing dans le foie, des coups de pied dans les côtes pour qu'il ne se sente pas obligé de rester. Je lui ai même proposé de porter son sac jusqu'à la gare. Ses copains ne la ramenaient pas. Mon ami Hans est arrivé en renfort. Trois ans après lui et moi on se marrait encore.

Hans, qui avait pris la photo. Je rentrais de l'usine, il m'attendait. Les autres baraques étaient quasi vides, une espèce de décor qu'on voit là, derrière moi. De théâtre. Ou de cinéma. Pourquoi pas. Le chemin de terre qui sépare les deux rangées de maisons, le chemin que je viens de quitter pour passer la petite barrière et m'engager dans l'allée, on dirait une de ces rues dans les westerns. Paix et sérénité règnent désormais dans la bourgade. Endroit dont personne ne connaît le nom. Qui n'a pas de nom. Je fais comme si je n'avais pas aperçu le photographe. Je souris, je continue. De profil, le visage noirci par la soudure et la brasure, je marche. Le visage n'est pas tout à fait noir, sur la pommette ça forme comme un croissant de lune. Je porte cette saharienne de coton noir, avec les manches enroulées jusqu'au coude. Ce pantalon ample. La musette en bandoulière. Le bracelet de force au poignet droit. En marchant je regarde le sol, mi-gêné, mi-flatté, de ce que mon copain mette en scène le simple ouvrier que je suis. Ou presque. Il fait beau. J'avance entre le pignon de la baraque voisine et la petite clôture grillagée. Si j'avais déjà fait deux ou trois pas de plus, le grillage je l'aurais dépassé, j'aurais fait face à Hans, je lui adresserais un clin d'œil.

On est bien loin des premiers mois du camp de prisonniers. De l'uniforme de la Kriegsmarine que j'avais traîne avec moi depuis le moment où j'avais sauté du camion pour détaler dans les bois. Les camarades de l'unité avaient été tellement surpris qu'ils n'avaient même pas pensé à me mettre en joue. Le camion ne s'était pas arrêté. Je ne porte plus la casquette réglementaire sur laquelle, une fois entre les barbelés, j'avais inscrit Berlin. En réponse aux P.G qu'on nous avait peints dans le dos et sur le pantalon. Pour Prisonniers de Guerre. On s'était tous mis à faire ça, inscrire, juste au-dessus de la visière, le nom de sa ville ou de son village d'origine. Sans fierté. Juste comme ça. Dans une sorte de réflexe. Trouver quelqu'un, dans cette cohue de bientôt vaincus. Quelqu'un à qui parler des rues où l'on avait couru. Des rues où l'on avait joué au ballon. Dans lesquelles encore gamins on s'était battus, avant de faire la paix. Jusqu'à la prochaine fois. Les jeunes comme moi avaient beaucoup vieilli. Loin, les ballades le long des lacs, les baignades. Les premières émotions amoureuses. Ça avait duré des semaines ce petit jeu de se croiser et de regarder le nom inscrit en lettres capitales. Des mois. À mesure que le nombre de prisonniers augmentait. Ç'aurait dû nous donner envie de rire, tant c'était devenu mécanique. Ç'aurait été drôle si ça n'avait pas été pathétique. On ne riait pas. On riait peu. Chacun tentait de briser, d'un coup d'œil, la foule, l'anonymat. Nous cherchions une parole, un geste. Une compagnie. Contre la douleur profonde dans les muscles, contre la faim qui tenaillait, les diarrhées, les poux malgré l'épouillage, la puanteur de nos vêtements, celle de nos corps. La grande solitude. Même si, pour ceux qui savaient, on n'était pas à Dachau. Ici ce n'était pas les Camps, non ce n'était pas Dachau.

Hanna me scrutait. Sans mot dire. Avec une intensité qui serrait le cœur. De temps à autres elle frottait la paume de ses mains sur sa jupe. Elle ne perdait rien. Aussi concentrée que la bonne élève qu'elle savait être. Je tremblais. Je voulais qu'elle comprenne bien. Avec elle peut-être que mon histoire, un peu de mon histoire, me survivrait quelques temps. Je désignais la photo. C'était quelque chose. Quelqu'un s'appelait Hans, il venait de Berlin, et ce Hans prenait en photo son copain Kurt. Kurt Haak. Moi. Grandi à Tempelhof. Qui avait fui le Front Russe. Fait prisonnier par les Anglais. Pour se retrouver dans un camp minier avec des centaines d'autres. Des Allemands surtout, quelques italiens aussi, au début. Ce Kurt Haak avait choisi comme nouveau territoire le territoire français. Et il vivait presque normalement désormais. Comme tout le monde. Il rentrait du travail, après une dure journée, il retrouvait son camarade, son copain, comme si de rien n'était. C'était ce « comme si de rien n'était » qui comptait. Qui donnait à cette image toute son intensité. Au milieu des chalets désertés. Je me souviens du moment où Hans m'a tendu la photo, après qu'il l'a fait développer. Il a dit tu te souviendras. De lui je n'ai aucune image. Il ne voulait pas. Il souhaitait ne plus être pris dans l'argentique. On se souviendrait de lui comme d'une musique.

Sur la table, les photos étalées, les lettres de ma mère, dispersées. Autour d'Hanna et moi, au mur, les cadres petits ou grands. Ovales ou rectangulaires. Certains membres de la famille vivaient encore, beaucoup de fantômes résistaient, tous avaient leur place dans le quotidien de Wanda et d'Hanna. Ils semblaient protéger la maison des aléas de la vie, de la peur du temps qui passe. Pour moi ils n'étaient rien ou pas grand-chose. Des corps anonymes, même si Wanda me rappelait que celui-ci c'était son oncle, celle-ci sa cousine, ils ne me disaient rien. Ils ne me parlaient pas. J'avais beau faire un effort, ils me sortaient de la tête, je les observais, des étrangers. Jamais ce ne serait ma famille.

J'ai dit il faut que je te lise quelque chose. Je ne sais pas ce que tu vas en penser. Ta mère sait. Je lui en ai déjà parlé. J'ai déplié la page. J'ai commencé à traduire. Dans cette lettre il était question de Berlin, des rues dévastées et des immeubles qu'on reconstruisait dans le quartier. On triait les briques, avec des seaux on faisait la chaîne. On avait construit un petit train pour déblayer. Ça demanderait encore des années avant que Berlin ne retrouve un visage. La ville avait été dévastée. En France c'était la même chose, elle le savait. Sauf Paris. Paris avait été épargnée. D'après ce qu'elle savait. Elle espérait que j'allais bien. Que la vie de prisonnier n'était pas trop pénible. Même si je n'étais plus vraiment prisonnier. D'après ce qu'elle avait compris. Elle pensait souvent à moi. À cette chambre où avait été conçue notre fille, un jour d’été, il faisait si chaud. Nos sueurs mêlées. La chambre n’existait plus. La chambre pendait encore, on la voyait depuis la rue, l’immeuble avait été éventré. On voyait la tapisserie, la trace des meubles. Les murs et le plancher avaient été comme arrachés par la grande gueule d’un monstre surgi du fond des temps. Que je me rassure, elle et ma fille étaient en bonne santé. Elles avaient suivi mes parents à la campagne pour fuir les bombardements. Ma fille grandissait. Avait appris quelques mots en français, même. Pour quand son papa rentrerait. On s’habituait à la présence des Américains dans la zone. Certains étaient noirs. Au début ça faisait bizarre. On réapprenait à vivre. Tout ce qu’on avait découvert la terrorisait. Mes parents continuaient à la soutenir, elle n’était jamais sans rien, elle n’était jamais seule. Elle me pardonnerait. Tout ce silence. Toute cette absence. Elle souhaitait que je revienne. La plupart des prisonniers étaient bien revenus. Nous avions l’avenir devant nous. Elle et moi on pourrait tout recommencer. Avec, notre fille, Ulrike.

10.

Sans doute le curé lui avait fait des reproches, à Wanda. Ce n'était pas la première fois. Il n'osait imaginer ce qu'elle me trouvait. Ma jeunesse ne devait pas la laisser indifférente, ma musculature. Le soir, on ne me voyait pas toujours repartir. Si ça continuait elle allait se retrouver avec un enfant naturel sur les bras. Cette fois il refuserait de la marier. D'ailleurs il n'aurait jamais dû accepter, de les unir, elle et Jean. Elle n'était pas obligée de venir à la messe. Elle pouvait aller poser ses genoux ailleurs. À cette heure les veuves joyeuses préféraient rester à la maison. Dans leur lit à soupirer après leur amant. Genoux enfoncés dans le matelas. La poitrine gonflée de désir. Pressées de souiller la mémoire du défunt mari. Qu'elle se prosterne. Se repente de tous ses péchés. Tout serait pardonné. Qu'elle me renvoie chez moi. Dans les baraquements. Pourquoi je ne rentrais pas en Allemagne ? La guerre était terminée.

Ses doigts un peu ridés. Les deux alliances devenaient un peu grandes, glissaient. Les mains posées sur le visage, elle ne bougeait plus. Moi comme un enfant devant sa mère, impuissant face au drame qui s'abat. Je ne l'entendais pas pleurer. Elle s'excusait, ras-le-bol, que ça finirait bien par craquer elle le savait. En elle ça s'effondrait. Elle étouffait. Le garde. Le garde, qui la mettait dans cet état.

Elle attend en bas des marches de l'église avec Hanna. Les voisins s'attardent à l'intérieur, le kapo l'aperçoit depuis le bistrot, il marche vite, déjà il pose sa main, elle la sent sur son épaule, il a les yeux rouges, brillants, ternes, elle s'est reculée, il la traite de garce, de traînée, de catin. Elle va pour lui flanquer une gifle, Zénon a dévalé les marches, il s'interpose, il pousse, c'est quoi ce cinéma ? Allez maintenant tu t'en vas. Bon sang, qu'est-ce qui te prend ? Et devant la petite. Rentre donc chez toi cuver ton vin. Tu parles d'un spectacle. Le curé est resté en haut des marches, imperator, le kapo aurait pu la battre, la cogner, il n'a pas cillé, pas un mot, ni un geste, le curé, Wanda ne va plus oser sortir de chez elle, la voilà au beau milieu d'un scandale, tu te rends compte ? Qu'est-ce qu'elle a fait au bon dieu pour qu'il lui arrive un truc pareil ? Non, Kurt, pas question que tu interviennes. Je te le demande.

Je suis descendu devant chez Zénon. Wanda et moi l'inviterions au cinéma. La moindre des choses. À peine j'avais mis pied à terre qu'il sortait de derrière la maison, râteau et binette à la main. Tiens, te voilà Tête carrée et

Casque à pointe. Madame Wanda t'a raconté comment s'est comporté l'autre imbécile, laisse tomber mon garçon, détends-toi, il n'en vaut pas la peine. Et puis j'ai mon idée pour régler la question. Il emmerde tout le monde, de toute façon, ça ne peut plus durer. Ce n'est plus du sang qu'il a dans les veines, on va lui régler son compte, fais-moi confiance. Maintenant je vais te montrer quelque chose. Depuis le temps. On les voit passer dans le ciel, mes petits chéris, mais je ne les montre pas à n'importe qui, j'y tiens comme à la prunelle de mes yeux, tu sais, quand on est veuf, et quand on n'a pas d'enfants. Hier j'ai surpris l'un de mes voisins qui les tirait à la carabine, mes volatiles, un bon copain du garde, d'ailleurs. Comme s'il crevait de faim. Bon alors tu viens ?

Je tirais sur ma cigarette comme si j'y comprenais quelque chose. Ça roucoulait là-dedans. Un boucan d'enfer. Et ça se battait. Se montait dessus, en battant des ailes, coups de bec, ça se volait dans les plumes. Ou ça restait comme ça, juste derrière le grillage, mouvements de tête, ils avaient quand-même l'air de sérieusement s'emmerder. Quatre, qu'ils étaient à s'entasser dans la petite baignoire. Remarque c'est propre, même l'eau est propre. Qu'est-ce que tu crois ? Je les soigne mes petits chéris. Hôtel grand luxe. Zénon me racontait les compétitions. Comme on les mettait dans les camions, dans des paniers, pas rare que le point de départ se situe hors de la région, l'occasion de se balader, et de voir du pays. Et les coulons ne pouvaient pas passer leur vie à se la couler douce. Humour. Les camions parcouraient des centaines de kilomètres, pour finalement s'arrêter au beau milieu d'un champ. On attendait l'arrivée des autres pour enfin grimper sur la machine, ouvrir les paniers un à un, le plus vite possible, sans se prendre un piaf dans la figure. Ça faisait comme une déflagration grise, des centaines, un gigantesque bruissement d'ailes, étrangement calme. On les regardait opérer un virage large, et ils fonçaient tout droit, par là, par là c'était toujours le bercail. De retour à la maison, on montait la radio au grenier, et on attendait des heures, à la lucarne, le retour des champions, des héros. Les pigeons ils rentraient chez eux on ne savait pas trop comment, toujours ils trouvaient leur route, en eux une sorte de boussole, une boussole bien particulière. Pas trop leur truc, l'aventure, voyageurs mais casaniers. Un pigeon ça ne sait faire qu'une chose, tu vois, rentrer au bercail, direction Madame Pigeon, rigole, rien de plus fidèle que ces bestioles. La maison, que ça qui compte. Mais rien que des pigeons, Kurt, ne me fais pas dire ce que je n'ai pas dit. On peut en faire voler quelques-uns, si tu veux. Quelques tours de pâté de maison. Je ne me lasse pas de les contempler, leur vol, puissant, rapide, si haut, sinon on donne quoi ce soir au cinéma ? *Stalag 17* ?

Les Actualités Françaises ne traitaient plus des prisonniers allemands. Ni des Allemands, d'ailleurs. On était en pleine guerre de Corée. Je pouvais rentrer dans la salle de projection, tranquillement m'installer, allonger les jambes. Allumer une cigarette. Souffler. Finie l'époque où nous étions glorieusement humiliés, où l'on montrait comme on nous faisait travailler dans les champs, sur les chantiers, au fond des mines. Défiler dans les rues, nous et nos guenilles, direction turbin. Crachats, insultes, de bonne guerre d'une certaine manière. On ne filmait plus ces affiches qu'on trouvait placardées dans les villes et les villages, à l'intention des particuliers. Ce qu'il faut faire pour avoir un Prisonnier de Guerre. Pour s'acquitter. Pour l'échanger. Votre P.G est malade. Votre P.G ne veut pas travailler. Votre P.G s'est évadé. Votre P.G est décédé. Ou s'est suicidé. Ce qu'il faut faire. On ne montrait plus les berlines qui remontaient du fond, les champs de nouveau fertiles, la mécanisation, les productions colossales. À l'image se superposait une voix d'homme, métallique, aux accents épiques, la France se relevait, la France sortirait du rationnement, les stocks de grain explosaient, quand les Communistes ne s'en mêlaient pas les usines tournaient à plein régime. Lentement les maisons se redressaient, de plus en plus les rues ressemblaient à des rues. À Paris les terrasses de café étaient bondées. Aujourd'hui était déjà un demain.

Wanda m'avait parlé de ce film des Actualités, monté de toutes pièces, où l'on chassait un P.G. évadé. Jeu d'acteurs. Mise en scène. Les gendarmes se faufilaient entre les arbres d'un bois, fusils dressés, chiens tenus en laisse, la voix demandait À qui la faute ? Les lettres surgissaient sur l'écran, majuscules. À QUI LA FAUTE ? Et l'on retrouvait le pauvre petit P.G. réduit à son rang d'animal, assis, tapi, terrorisé, mal caché derrière un arbre. Le comédien jouait très mal son rôle. Tout au fond de la voix, de cette question, de cette question qui n'en était pas une, on entendait un ricanement, l'orgueil des terrassés qui se jettent sur le cadavre de leurs bourreaux, À QUI LA FAUTE ?

Nous marchions. Moi, Hanna, Wanda et Maria. Toujours un peu engourdis par les images et la musique. Entre rêve et réalité. De bonne humeur. Personne ne parlait sauf pour dire que c'était bien, *Stalag 17*. Ce film, il faudrait peut-être penser à aller le revoir. Demain soir, pourquoi pas. Si on n'était pas trop fatigués. Enfin, en ce moment, Kurt, tu n'es pas trop fatigué. On a tous regardé arriver dans notre direction le kapo du quartier, moins surpris qu'embarrassé. Il voulait faire bonne figure, d'un coup le torse gonflé, le nez pointant le ciel. D'où est-ce qu'il sortait encore ? J'ai marché vers lui, il n'a pas compris.

Je l'ai attrapé au col, vous l'ai envoyé au tapis. Il essaye de se relever, la belle affaire, je le laisse faire. Il lève les poings, le combat va être inégal, je vois bien, à chacun son heure. Lui tourner autour, donner à l'événement un peu de tenue, bourre-pif, deux, trois pas de côté, bourre-pif, il accuse déjà le coup, sa frappe à lui est molle, j'esquive en douceur, y mettre un peu de classe, de la classe j'en aurai pour deux. Sa joue qui s'écrase sur le pavé. Ses dents saignent, son arcade sourcilière, son crâne. Je m'agenouille, pose la main sur son épaule. Appuie. Les mots pas trop mon truc, mais je prends sur moi, tu veux que je te parle du bruit que ça fait la première fois quand tu enfonces la baïonnette dans le bide du type d'en face ? Elle rentre toute seule, dedans toute une musique, surtout quand tu retires, ça glougloute, musique un peu rigolote, une drôle de poésie, après tu t'habitues tu sais, le sang s'étale et court dans la neige, tu t'y fais, reste allongé, va, ne te fatigue pas. Tu es au courant, on raconte beaucoup de choses à mon sujet. On raconte que je leur menais la vie dure dans les camps de travail, à mes camarades, aux gardiens. On raconte aussi que Stalingrad a laissé des traces. Il paraît que je n'ai plus tout, là-haut. Que j'ai une araignée au plafond. Il paraît que j'égorgeais mes ennemis comme on égorge un mouton. Il paraît que je ne cuisais pas toujours la chair de mes ennemis avant de me mettre à table. Quand on a faim. J'ai connu la faim. Pas toi ? Tu veux qu'on en finisse tout de suite ? J'ai ma lame dans la poche.

11.

La salle à manger, avec ses cristaux vides, ses porcelaines, ses serviettes en boule, paquets de cigarettes, bouteilles, sur la nappe quelques traces de sauces, de gras, de vin, autour ça discutait, de tout, de rien, léger brouhaha, Irina parlait à l’oreille de Wanda, Stanislas tirait l’oreille d’Hanna, Maria s’énervait à propos de je ne sais quoi, les autres, les yeux écarquillés, l’écoutaient. Sur l’appareil tournait un 33 tours, danse lente, balancée, accordéon, chant de la clarinette et du violon, lyriques, mélancolie qui sourit, une danse polonaise, on avait laissé la fenêtre grand ouverte sur le potager, l’allée, la rue, la cité, l’église. La musique s’est emballée, le tempo. Les instruments semblent s’éveiller, d’un coup s’égayer, Stanislas prend Maria par la taille, les corps qui entre les meubles tanguent, les corps qui se bousculent sans qu’il y paraisse, les femmes on les fait tourbillonner, pour marquer le rythme on saute, on fait de petits sauts, talons-percussions, parfois une fois, deux, le carrelage résonne, ça claque contre le sol, semelles-percussions, ça sonne clair, bourdonne, comme si la planète entière tonnait, sifflets, sifflets enlevés, rires, les silhouettes fluides caressent l’air, vite les joues rosissent, Wanda qui arrive, qui vient m’embrasser, m’avive, un petit baiser, discret.

Il fallait préparer le café, sortir les pâtisseries : placek, babka, krouchtikis, boules de Berlin. De quoi nourrir un régiment. Irina avait dû passer deux jours enfermée dans sa cuisine, et on n'avait pas le droit de ne pas goûter à tout. Quitte à faire un malaise. Mange, demain ce seront les vers qui te mangeront. De toutes ses forces Irina voulait laisser derrière elle la misère, le ventre creux qui gargouille. L'enfance en Pologne. La campagne rase, la terre de la cour picorée par les poules, le froid dans la maison en bois, l'ennui, les orteils qui piquent, les pieds nus, l'attente du printemps, de ses couleurs. Wanda aussi se souvenait, ses parents et ses grands parents avaient dû fuir l'Allemagne, retourner au pays, au village ce n'était pas la joie. Elle ne regrettait vraiment pas, même si quelque chose manquait, tout au fond elle sentait une espèce de trou, de vide, dans le ventre, dans la poitrine, il lui manquait quelque chose, qu'elle retrouvait parfois dans la musique, elle ne saurait dire quoi, un autre type de joie qu'on connaissait ici, une autre mélancolie. Pas pour autant qu'elle retournerait au village. Mais Stanislas retournerait peut-être, lui. En Pologne, il y avait autant de Communistes que de Catholiques à cette heure, non ? En France les Communistes étaient partout, mais en Pologne, par Jésus, rien à voir. Il en pensait quoi ? Un petit billet de train direction Warszawa ? On pousse jusqu'à Moscou ? Pour ton anniversaire ? Pour fêter la mort de Staline ? Il a fait un geste de la main. Allons, Stanislas, ne fais pas la tête, mon amour. Hauts cris, éclats de rire. Arrête Maria, je ne veux plus entendre parler de ces gens-là.

Il n'avait pas oublié qu'il leur devait sa liberté, aux Bolchéviks. Sans eux, dieu sait ce qu'ils seraient devenus, les STO. Tous les jours, il pensait aux Stalags, Stanislas. À ce matin où la nouvelle avait couru que les troupes soviétiques approchaient, qu'elles allaient bientôt les délivrer. Déjà ils entendaient les canons, les STO. Et c'était comme une fête. Ils n'en finissaient plus de s'embrasser, de se taper dans le dos, de chanter, de danser. Malgré l'appréhension. Les Rouges avaient leur réputation. On les disait barbares, prêts à tout une fois imbibés de vodka, capables de scalper des villages entiers. On verrait bien. Ils terrassaient la Wehrmacht, plus rien ne pourrait les arrêter. En effet. Les Rouges arrivaient. Soulagement. Pour les STO aussi la guerre serait terminée. À moins qu'on ne les envoie sur un autre front une fois rentrés. Qui sait ? Certains en parlaient. Le redoutaient. Ou ne demandaient pas mieux. Les Boches dérouilleraient. On verrait. Stanislas s'est retrouvé avec un chapeau de l'Armée Rouge qui lui cachait les yeux et qui lui tombait sur le nez. La boisson ne manquait pas.

Comment on rentrait maintenant ? En avion ? Il avait volé un vélo, traversé les villages et les campagnes, il avait pédalé jusqu'à être perclus de crampes, crampes dans les cuisses, crampes à l'estomac, il avait laissé derrière lui les frontières pour retrouver les bras de Maria, les murs de sa maison. Rien n'avait changé depuis sa dernière permission, pourtant ça datait. Maria avait entretenu le potager, mais à son idée. Il avait un peu râlé. Pour la forme.

Il ne s'était pas passé deux jours avant qu'il ne prenne sa carte au Parti, il avait été fier de la montrer, Maria avait souri. Certains camarades communistes l'avaient longtemps traité de collabo. Avec acharnement, il avait milité pour le Parti. Baissé la tête, encaissé. Rendu les coups. Depuis ça s'était pas mal tassé. À tous les niveaux. Le moins qu'on puisse dire. Jusqu'à peu, il pensait qu'un jour les peuples vivraient unis, que le Prolétariat ne ferait qu'un. Maintenant il ne savait plus. Les derniers événements l'avaient secoué. Déboussolé. Et il y avait de quoi. Plus il y pensait, moins le cœur y était. Les Allemands de l'Est ne demandaient rien d'autre qu'un maintien des salaires, qu'on arrête de vouloir augmenter les cadences. Moscou n'aurait pas dû mettre autant de pression sur le gouvernement, ça n'allait rien donner de bon, ces assassinats, ces arrestations.

Beaucoup s'étaient sauvés à l'Ouest. On parlait de *putsch* commandité par les Impérialistes. On parlait d'*épuration*, une milice avait été créée pour mieux réprimer les contestations. En Tchécoslovaquie aussi, ça avait bougé. Il y avait eu un soulèvement. Sur la place publique des portraits de Staline brûlaient.

Wanda soupirait. Son frère parlait encore politique. Bien sûr que c'était important. Mais pas maintenant. Pas à table. C'était la faute de Maria. Maria qui niait en bloc. Qui déclinait toute responsabilité, son mari ne savait pas se taire. Point. Pour ça, Stanislas pouvait donner la main à Irina. Se taire, pour eux, c'était comme finir sous terre. Mais si. Parfois on aimerait autant qu'ils se taisent que d'entendre Kurt nous raconter sa journée. Il ne dit jamais rien, celui-là. Aussi taiseux qu'un vieux paysan polonais. Irina a acquiescé. C'est vrai que tu ne racontes jamais rien. J'aimerais bien que tu parles un peu de toi. De ton enfance. On ne sait rien de tes parents. Ni de la manière dont tu as vécu cette fichue guerre. L'enrôlement dans les Jeunesses. On ne te demande pas une biographie, mon petit Kurt, mais tout de même. Wanda, elle, doit bien avoir droit à des confidences sur l'oreiller. On aimerait juste qu'elles soient partagées. En tout bien tout honneur, bien entendu. Elle riait toute seule, Stanislas me regardait. Me disait de laisser tomber. Lui demandait d'arrêter. De se calmer. On n'était pas dans une chambre d'interrogatoire. Qu'on me foute la paix. Lui et moi allions fumer une cigarette dans le jardin.

Mais je voulais bien faire un effort. Je voulais bien leur raconter quelque chose. Stanislas avait parlé des Rouges. Des Bolchéviks, des Communistes. J'aurais bien voulu participer aux grandes grèves d'après-guerre. Être de ces hommes faisant face à l'armée. Tenir dans la main l'un de ces énormes boulons et leur balancer à la figure. Accrocher l'un de ces uniformes à cheval et le faire valdinguer. J'aurais voulu défendre mes droits, moi qui n'en avais pas. Pas pour autant que j'étais communiste, c'était autre chose. Rosa Luxemburg et Karl Liebknecht avaient été assassinés quelques années avant ma naissance, les milices, les Corps Francs, s'étaient chargées d'eux. Celui dont j'étais l'apprenti, à Berlin, croyait encore à la révolution et à la paix. Au véritable socialisme. En dépit de 33, du fascisme, des premiers camps de concentration, dont personne ne voulait parler, encore moins quand on avait vu son voisin être emmené. Il y avait un camp tout près de chez nous, aucune information sur ce qu'il s'y passait, le peu de détenus qui en sortait n'osait pas l'ouvrir, et est-ce qu'on avait vraiment envie d'écouter ? Mon maître soutenait que la révolution empruntait des chemins complexes. On finirait par m'envoyer au front, on m'y avait préparé, il m'a fait promettre de ne jamais tirer sur mes camarades condamnés au peloton, quitte à finir au mitard, ou ligoté au poteau, adossé à un mur. Il m'avait fait promettre de ne tirer sur l'ennemi que si je me sentais réellement en danger. Un jour la guerre se terminerait, Hitler finirait bien par mordre la poussière, les Impérialistes s'épuiseraient, les Bolcheviques aussi, alors nous surgirions. Nombreux. Le regard fier. Les Spartakistes. Ce qu'il disait. Il serait déporté, il ne reviendrait jamais. Je ne crois pas qu'il ait regretté. À mes yeux, il était un héros, le héros que je ne deviendrais jamais. J'ai juste réussi à ce qu'on me retire l'Aigle d'or de la poitrine. À combattre le moins possible. À me débiner au moment de la débâcle.

Grands grincements de freins. Zénon. Depuis la table, par l'encadrement de la fenêtre, nous le regardions arriver à grands pas, il n'avait jamais eu l'air aussi jovial. Tu veux un café ? Pâtisserie ? Non merci. Il demandait l'attention de toute l'assemblée, il avait quelque chose à nous annoncer. À nous communiquer une information de la plus haute importance. Stanislas : Nous t'écoutons, soldat. Moi : Tu as touché le pactole ? Un, ou deux chevaux ? Et Stanislas : En tout cas, te voilà bien réjoui. Et moi : Aujourd'hui, rien, nada, pas un numéro, pas un sou. Et Stanislas : Sur le mois je ne me suis même pas remboursé. Mais Zénon nous demandait de nous taire, il était sérieux, il revenait du bistrot, il avait un peu fêté la nouvelle, et pas qu'un peu. Donc, voilà. Silence dans l'assemblée, s'il vous plaît. Le Garde avait été relevé de ses fonctions. L'Assermenté allait dégager. On avait eu la peau du Kapo du quartier. Aux Bureaux ils se doutaient déjà de quelque-chose, ils n'étaient pas sourds, mais ils s'étaient enfin décidé à agir. L'affaire de Wanda leur était remonté aux oreilles, la scène devant l'église. Quand cet imbécile était arrivé avec son nez cassé et sa tête en vrac pour se plaindre de ce qu'on ne le respectait pas, les administratifs avaient lancé une enquête interne, et avaient découvert pas mal de ses manigances. L'étendue de ses combines. Ils ont dit maintenant ça suffit. Pas pour ça qu'on te paye. Ils se sont rangés de notre côté. Tout est réglé. C'est ce qui s'appelle une bonne nouvelle. Vous n'auriez rien à picoler ? Les émotions ça vous assèche le gosier, je trouve. Une petite cerise, ce serait parfait.

12.

Chaque camp minier disposait d'une aumônerie. On voulait nous guérir. À une foi supposée aveugle en une idéologie sans dieu devait succéder la révélation chrétienne. Amen. Ce à quoi le chef du camp ajoutait qu'il nous fallait payer pour les crimes que l'Allemagne avait commis, que tel était le prix de la Rédemption. De notre Salut, à nous, soldats. Pour les officiers, c'était une autre histoire. Nous, soldats, creusions le sol, nous allions vers la Lumière. Le Pardon. La France avait besoin de Charbon. D'énormément de Charbon. Mon père et ma mère auraient été heureux de voir que, hormis celles des gardiens et autres militaires, et encore, la baraque la plus propre, la mieux entretenue, était l'aumônerie. Il n'existait aucune obligation d'assister aux offices. Le camp était surpeuplé. Les gardiens laissaient ouvertes les portes de la baraque, dehors, ceux qui n'avaient pu entrer faute de place se tenaient courbés dans leurs guenilles. L'allée disparaissait sous les crânes inclinés et les uniformes dépareillés, on s'habillait avec ce qu'on nous donnait, des vestes de l'armée britannique, des pantalons français, des godasses de civils. Pas besoin d'être le dernier du dernier « rang » pour ne rien entendre, ni ne rien voir, la voix du pasteur ne portait pas aussi loin, ni l'éclat de la croix blanche. À l'intérieur, aux jours les plus froids, les vêtements des prisonniers fumaient, on se serait crû dans une étable. Ça faisait marrer Hans. Qu'il était beau le troupeau. Lui et moi, et quelques autres, restions sur nos paillasses à jouer aux cartes. Un gardien nous avait appris la belote, les derniers temps il venait jouer avec nous, il n'y avait plus grand-chose à garder, on passait alors le poste de contrôle comme on voulait, les barbelés n'étaient plus vraiment des barbelés, ni les miradors des miradors. Les pasteurs avaient voulu rentrer au pays, deux ans tout-de-même que la guerre était terminée, en RFA et en RDA il y avait encore beaucoup de travail à accomplir. D'âmes à sauver. D'ouvriers à motiver.

Remonter son col, bien visser sa casquette, rentrer la tête dans les épaules, glisser ses mains dans les poches. J'attendais qu'apparaisse le parapluie de Wanda. Dans le ciel gris et opaque l'église rouge et ardoise semblait tout écraser. Il me pleuvait dans les yeux comme il vous pleut dessus quand vous creusez une veine, au fond, ce fond qui n'en est pas un, on va toujours plus profond, vers la chaleur, l'irrespirable. Wanda ne venait pas. Des silhouettes passaient les grands battants de chêne, descendaient des escaliers, certaines de ces ouailles me saluaient discrètement, la plupart m'ignoraient. J'avais les souliers dans la boue, pourquoi je m'étais esquinté à les astiquer, je vous le demande. Ses chaussures à talon, sa robe longue et claire, plissée, on devine sous le parapluie qu'elle tient le col de son imperméable, elle descend, je lui emboîte le pas. C'est gentil d'être venu me chercher, tu n'es pas allé parier sur tes bidets ? Tu as l'air préoccupé. Quelque chose te tracasse ? Il faut penser au repas. On n'a plus grand-chose. On fera avec ce qu'on a. Sans vouloir te commander, Kurt, mais tout de même, tu penses retourner à l'usine ? On n'est pas Rothschild. Et les congés payés c'est bien. Sauf quand c'est pas des congés, et que c'est pas payé. Si, pour une raison ou pour une autre, l'usine, tu n'en peux plus, cherche autre chose. Je compte sur toi. C'est dit. J'ai autorisé Hanna à passer la journée chez Irina, elle ne voulait pas aller à la messe. Le curé ne s'est pas très bien comporté. Elle a une marque au poignet, ne t'inquiète pas, j'ai mis les holà, il commence à me plaire aussi celui-là. Avec ses Treize Stations et son Chemin de Croix. On n'est pas à la Légion Étrangère, que je sache. Tiens la Machinsky, droit devant. Qui se dépêche de rentrer chez elle. La rumeur dit vrai, elle court encore très bien pour son âge. Tu ne veux pas passer lui dire bonjour quelquefois ?

J'avais emprunté la petite charrette de Stanislas, celle qu'on accroche derrière le vélo, sa *carette à moules*, qu'il appelait ça. J'avais entassé les sacs, les vêtements que Maria rangeait dans l'une des armoires, la petite, celle du couloir, mon nécessaire de toilette, les deux douzaines de cahiers pour les courses de chevaux, jusque là empilés au pied du canapé du salon, ma sacoche pour le travail, la boîte en fer blanc, au final pas énorme, mais évidemment ça ne rentrait pas dans les sacoches. Le petit vieux, le voisin, avait souri, alors on emménage ? La charrette était restée dans l'allée, sous une bâche. La charrette était là. Wanda ne comprenait pas, qu'est-ce que c'était que tout ça ? Mon barda. Tout ce qu'il y avait chez ton frère et ta belle-sœur. J'allais retourner à l'usine, j'en faisais la promesse, ils me reprendraient. On aurait besoin de deux salaires pour louer une maison digne de ce nom. La pluie claquait sur la bâche, sur les sacoches, les sacs, les vêtements, les cahiers, et tout le reste. Wanda n'avait pas l'air réjouie. Wanda ne sautait pas au plafond. Je répétais que je retournerais à l'usine. Promis. Je m'excusais. Je m'excuse. On en parle après ? On va être noyés. Aide-moi à tout rentrer.

Elle l'avait envisagé. Très sérieusement. Elle en avait eu envie. De déménager. Elle ne m'avait pas menti. Seulement, du temps avait passé. Elle s'était mise à gamberger. Les souvenirs, les souvenirs. Elle en avait vécu des moments dans cette cité. Avec Jean, bien sûr.

Leur arrivée à tous les deux, quand il avait été embauché à la fosse d'à côté, elle s'en souvenait comme si c'était hier. La naissance d'Hanna dans l'ancienne maison, ses premiers pas dans l'allée, pas rare qu'on la retrouve à quatre pattes dans le potager. Les soirs de bal à la salle des fêtes, ils dansaient polka sur polka sous le grand luminaire. Les repas de famille au complet, tout juste si on savait caser tout le monde. Et puis ici, dès qu'on sort de chez soi, il y a toujours quelqu'un avec qui discuter en polonais. Tu me diras, le centre-ville n'est pas bien loin, dix minutes à pieds à tout casser. On vivrait tout de même isolés. Là-bas, il n'y a que des Français, ou presque. Stanislas lui a déjà fait la remarque, lui qui a depuis bien longtemps quitté les cités, il se demande si elle réussira à s'adapter, il s'inquiète. En cas de problème urgent, sur qui on pourrait compter ? Nos voisins seraient des étrangers. Ici, ce n'est pas le paradis, des conflits il en existe, la preuve, les rumeurs, seulement personne ne nous laisserait dans les ennuis. La solidarité, c'est quelque chose qui dépasse les petites histoires personnelles. Il y a toujours quelqu'un pour veiller sur la petite, de près ou de loin, quand elle traîne dans les rues pour jouer avec ses copines. Tu trouves que j'idéalise ?

Je pouvais emménager, si je le souhaitais. Seulement on suivrait ses règles. Et je devrais m'y faire. Entre autres, vivre avec tout ça. Ces photos de famille. Les portraits de Jean et Léon. Les photos de mariage. Je voulais qu'elle les enlève. Elle n'en démordait pas. Ils faisaient partie d'elle. Elle voulait être entourée des êtres aimés. Quand bien même ce n'était que des bouts de papier. Sans ça, leur visage, ces moments, finiraient par devenir flous, par se disloquer. Déjà avait disparu le son de leurs voix, l'odeur de leur peau, de leurs vêtements. Bien sûr qu'on pouvait glisser toutes ces photographies dans un tiroir, mais les tiroirs étaient des mouroirs. Quand ses maris regardaient l'objectif, ils regardaient déjà devant. Vers un monde sans eux. Wanda voulait rester fidèle à leur regard. Je ne pouvais pas lui demander de les trahir, de les plonger encore dans la nuit.

Le pied gauche sur la pédale du vélo lancé, passe la jambe droite par-dessus le garde-boue, la selle, appuie, roule à droite, à gauche, un bon moment, sillonne les cités, sillonne, longe les jardins, les clôtures, les façades qui toutes se ressemblent, noyées dans la grisaille de tes yeux, tourne encore, par là, passe, repasse, change l'itinéraire, multiplie les possibles, use les rues, épuise le lieu, pour qu'il n'en reste plus, d'envie, d'espoir, peut-être, serre le guidon, les jointures des doigts te font mal, tu es lourd, tu es creux, brute qui se vide, vidée, aux cuisses qui tremblent, la nuque à bloc, souffle court, apnée, sors de la cité, direction bistrot, pas celui de Zénon et des autres, le bistrot d'avant, d'avant toute cette histoire.

J'hésite à quitter le zinc pour aller m'asseoir sur l'une des banquettes, histoire de feuilleter le journal. La place ne manque pas. Un endroit de gens debout, qui parlent fort, qui se payent des coups. Il y a quelques mois encore on venait en bande, petite bande, depuis les baraquements. On ne nous dévisageait plus, ou rarement, on s'installait sur le cuir rouge, et on s'efforçait de parler français. N'offusquer personne. Ne provoquer personne. Se fondre dans la masse. Autant que possible. Être bien gentil avec le patron. Malgré nos maigres salaires aucun de nous n'avait d'ardoise. La plupart des figures me sont familières, c'est un lieu d'habitués, mais je ne connais personne, aucun de ces hommes ne m'a jamais adressé la parole. Mes camarades des baraquements ne sont pas là, ils sont ailleurs. J'aurais voulu causer un peu allemand sur le trottoir, j'aurais voulu leur demander s'ils avaient des nouvelles de Hans. Être certain qu'il n'avait pas fini dans un fossé entre ici et Paris. J'aurais voulu entendre que tout allait bien, que sa vie n'était faite que de swing, de be-bop, de cabarets, et d'amours d'un soir.

Je coche le 2, et le 5. Au hasard. Par pur hasard. Ou presque. Des années que chaque semaine je note le résultat de toutes les courses. Que je classe selon une typologie bien précise. Vincennes, Longchamp, Grands prix, ou pas, état du terrain et tout le tintouin. Je mets en relation, cherche la formule, la suite logique des événements. La logique de l'histoire des courses, qui est une histoire comme les autres. Les statistiques, ça marche, parfois, vraiment. Je ne mens pas. Jamais je n'ai gagné des fortunes, mais ça a marché, je crois. Plus que l'argent, les maigres sous, je cherche la révélation, je calcule, je coche à la pointe bic. La dernière ligne droite, les cris des commentateurs dans le poste, l'heure de la grande respiration, du bonheur qui enchante les tripes, le cœur qui palpite, avoir le sentiment que la chance n'existe pas, que je tiens ma vie comme ça, entre deux doigts, comme ce ticket. Si je gagne, j'y suis pour quelque chose, sans doute. Le 2 et le 5. Hasard à deux numéros. Année de naissance. On verra. Je n'en finis pas d'être jeté je crois.

13.

Je suis allé voir le curé. Je savais à quelle heure il se trouverait au presbytère, et comment éviter les culs-bénis et les grenouilles de bénitier qui l'arrosaient de gros billets. Ce n'était pas un homme facile à impressionner, il pensait avoir tous les droits sur la communauté. Avant d'entrer, j'ai frappé à la porte, mais je n'ai pas attendu. On s'est retrouvés nez-à-nez dans le couloir. Il n'a d'abord rien dit, j'ai fermé derrière moi, il m'a proposé un café. Les cuillères tournaient dans les tasses, formaient un tourbillon. Il m'a demandé si je venais chercher le Pardon. Pour les crimes que j'avais commis. Les Nazis avaient beaucoup à se faire pardonner, ici, en Pologne surtout. Par Jésus. Mais il était prêt à m'écouter, il m'aiderait à prendre le bon chemin. Celui de Sa Miséricorde. Je n'étais pas venu pour ça, non. Si j'étais venu, c'était pour la petite Hanna, la fille de Madame Wanda. Il voyait bien de qui je voulais parler ? S'il la touchait encore une fois, ça se passerait très mal. Je voulais l'en avertir. L'un de mes amis était à la bonne avec d'anciens FTP. Ils se feraient un plaisir de lui attirer des ennuis, ils n'aimaient pas beaucoup les hommes d'église. Et surtout pas les curés du genre à s'en prendre à une gentille petite fille, et à laisser agresser sur son parvis une femme des plus respectables. C'était à lui de voir.

J'étais fier de mon coup. Il n'a pas marché, il n'a pas crû à mon bobard. Il est allé raconter partout que je l'avais menacé. Que j'avais débarqué chez lui sans aucune raison. Dimanche, du haut de sa chaire, il y ferait sans doute allusion. Il se demandait si je n'étais pas une sorte de gitan. Une sorte de bohémien. Qui avait réussi à échapper aux Camps. En s'engageant on ne sait comment dans l'Armée Allemande. Il n'irait pas voir les gendarmes. J'avais essayé de l'effrayer, on ne la lui faisait pas. Il ne craignait même pas la mort, alors cet Allemand qui à coups de pied avait forcé la porte du presbytère, qui s'était planté devant lui tel un Waffen SS, qui avait fait le geste de passer l'ongle du pouce sur la gorge, qui avait même penché la tête sur le côté, en louchant et en tirant la langue. Risible. Grotesque. Ce Kurt Haak représentait un véritable danger pour la société, il n'avait plus rien à faire dans nos cités. C'était l'affaire de toute la communauté. Tout cela était venu aux oreilles de Wanda. Wanda paniquait. Elle m'interrogeait, je lui donnais ma version. Le petit vieux d'à côté, depuis le palier, demandait si tout allait bien. Elle : Non, mais quelle idée, qu'est-ce qui t'est passé par la tête ? Elle : Tu l'as fait exprès ? Elle : Tu as voulu me provoquer ? Me forcer la main ? Moi : Je ne comprends pas ce que tu me dis. Ce que tu me reproches. Par contre, je comprenais très bien qu'elle était en train de me foutre à la porte. Quelque chose était en train de se briser, ça me tombait des mains. M'échappait. Je n'ai rien embarqué. Je suis parti. Je me suis engagé dans l'allée.

Prendre cette route, suivre ce chemin. Laisser derrière moi les pavés, continuer, avancer dans la campagne. La terre qui colle un peu. Le caillou qu'on extrait de la pointe de la godasse, qu'on arrache à la glaise. D'un coup de pied on l'envoie voler devant soi, pas si loin que ça, on va le retrouver dans les herbes hautes. Le ramener sur le chemin, et puis l'abandonner. On n'en cherche pas un autre tout de suite. Et on y voit de moins en moins. Pierres et terre se fondent dans l'obscurité. Le chemin et les champs ne disparaissent pas encore. Mais ça vient. On lève les genoux, plus haut. La terre se dérobe, on s'essouffle, on trébuche. Se tord la cheville. Se ramasse. Se relève. Plus de clochers à l'horizon. Plus de villages, non. La douleur à la cuisse qui grandit, l'espace qui se rétrécit. Le vent ne veut plus souffler. À quatre pattes, qu'on se retrouve, les doigts dans la terre noire, elle toujours fertile. Elle flamboiera au soleil de juillet. On se sent pauvre. Infiniment misérable. Sans saisons. On poursuit son calvaire, sa tâche, sa besogne, son travail d'être humain. Ne plus espérer un chemin, ni même une clôture de barbelés. Avancer. Plus rien que l'errance. Trimer, quand bien même à genoux.

Juste sous la fenêtre, écouter le bourdonnement des conversations qui ne font qu'un avec le reflet de la lampe à pétrole. Ne plus respirer. Se faire discret et se cribler la joue d'échardes. Entre les lattes passe un peu de lumière, un peu de la chaleur du poêle. Je me laisse glisser, je m'effondre. Les camarades finissent de manger, tranquilles. Comme insouciants. À qui le tour de faire la vaisselle ? Je sors pisser, je peux te taper une tige ? T'auras le droit de m'accompagner. Je n'en peux plus de vos tronches. Tu sais, on ne t'oblige pas à revenir. Tu sais que t'es un comique, toi ? T'oublieras pas de me la rendre, ma tige ? Tiens, de nouveaux journaux ? C'est qui celle-là ? Regarde-moi ces lolos. Et ces hanches. J'en veux bien une comme ça. Qui voudrait bien de toi ? La vie est pleine de mystères. Tu crois qu'un jour je me serais imaginé me retrouver ici ? Quoi de neuf à la fosse ? Pas d'éboulements, on aimerait que ce soit comme ça tous les jours. Pas même un blessé ? Tout se perd. À croire qu'on pique le charbon comme des richards. Cuillère en argent, petit doigt levé. Z'auriez pas vu la théière ? Deuxième sommation : à qui le tour de faire la vaisselle ? Demain je fais ma lessive, ils ont prévu beau temps. Allez, ouvre-moi cette porte, et allons la fumer cette clope, ça pue la mort ici.

L'air qui cingle, la pluie fine, les habits trempés, le thorax qui se soulève. Je cherche mon souffle, un boiteux ça peut trotter, galoper, même exténué, aucun obstacle, rien que les éclats de granit qui se sauvent sous la semelle, rien que les traverses de chêne, les rails restent exactement parallèles, la lune a déchiré les nuages, le boiteux est en nage, le boiteux a le visage bouillant, les yeux qui suintent d'eau, il y va, par là, il va tout droit, sans plus se retourner, sans se ramasser, sans s'arrêter, jusqu'au bout, au bout de lui, se purger, de ses forces, de son énergie. Les jambes se raidissent, il tombe sur les rails, il se fait mal, il se relève, jusqu'à sentir l'asphyxie, la braise dans la poitrine, jusqu'à se casser la gueule, une fois pour toutes, rouler au bas du talus, épuisé. Il n'y a pas d'herbe haute, le sol est nu, laisser venir, de petits rongeurs s'agitent, petits cris, nets, précis, perçants, qui font comme des signaux, il y en a un tout près, il s'est approché, il n'a pas fui, laisser venir. Le grand calme, se faire oublier, se faire tout petit, le ciel n'a pas d'étoiles, fermer les yeux, dormir, je vais dormir.

La rosée glaçait, je grelottais, on ne pouvait pas la louper, l'usine, posée massive sur la campagne, à l'orée de la ville. J'ignorais pourquoi j'y allais. Si vraiment j'y retournais. Je suivais mes jambes, quelque chose agissait en moi et mes jambes suivaient. Beaucoup trop tôt pour que le train soit arrivé. Peut-être que le contremaître serait à l'atelier, il passait sa vie à l'usine. La grille n'était pas encore ouverte, j'ai grimpé, j'ai traversé le parvis, je me suis dirigé vers les vestiaires. Je n'avais pas ma tenue, ni même ma sacoche, mes clefs. J'y étais presque, quelqu'un a sifflé. Je me suis retourné. Il demandait ce que je fichais là, si j'étais venu faucher du matériel, non mais, Haak, tu as dormi dans un fossé ou quoi ? Tu t'es mis à picoler ? Qu'est-ce qui t'est arrivé ? Je dis, je viens reprendre le boulot. C'est un peu ridicule, je m'en aperçois. Je dis, je ne sais pas. Il est resté droit, il a gardé les mains dans le dos. Allez. Dans les bureaux il fera plus chaud.

L'usine ne me reprendrait pas. Non pas qu'on me tenait rigueur de mes absences, on avait simplement fini par me remplacer. Ça se comprenait. Et, à la réflexion, ça valait peut-être mieux, non ? Il m'avait embauché pour mes compétences. Il ne s'était pas trompé, j'étais un bon ouvrier. Il m'appréciait. Il voulait que je le sache. D'autant plus que tout le monde ne pensait pas comme lui. Beaucoup ne pouvaient toujours pas me sentir. Bien compréhensible, en somme, d'un certain point de vue en tout cas. En restant après 47-48 les anciens soldats allemands n'avaient pas vraiment arrangé les choses, il fallait le dire. Avec les TCL les gens avaient le passé devant eux. Toi et tes compagnons, vous êtes un morceau d'Histoire. Un morceau d'Histoire, Haak. On n'y pouvait rien, c'était comme ça. Ça gambergeait. Il faudrait encore du temps. Lui-même, on lui avait proposé un poste en zone française, juste après la guerre, du côté de Baden-Baden. Un boulot intéressant, bien payé, dans ses cordes. Il aurait eu tout intérêt à sauter sur l'occasion, seulement il avait refusé, au final, ça ne lui avait pas paru pensable, de travailler pour l'Allemagne. Peut-être que maintenant, il irait. Du temps avait passé. Il faudrait avancer. Passer à autre chose. Faire de ses blessures une force. Une belle idée, que l'Europe. Mais la chose était compliquée. À la réflexion, non, il n'irait pas, travailler en Allemagne. Même aujourd'hui. Ni même demain. Il resterait. Tu ferais mieux de quitter la France, mon garçon. Rentre donc chez toi, va. Je le dis sans haine, vraiment. Je ne veux pas être désobligeant. Madame Wanda, elle s'en remettra. On voit bien que tu n'es pas heureux ici. Parfois rien ne sert de s'entêter. La petite patrie t'attend. De l'autre côté du Rhin. Allez, le train va arriver, et on va faire entrer tout le monde. Je ne veux pas qu'on te voie ici, surtout en si mauvais état. Permets-moi de te souhaiter bonne chance. Bonne chance à toi.

Je longe les diffuseurs, je surveille la vitesse de mon pas, le balancement de mes bras, salue celui-ci celui-là, je lui ai fait signe de se ramener, à Jacques, Jacques me regarde venir, il était en train de s'installer à son poste, il lâche sa fourche, il s'écarte de la cuve, poings serrés, pieds écartés, bien campé, il m'attend, je ralentis, j'entends qu'on m'interpelle, on me crie non Haak, pas ça Haak, c'est le grand rassemblement, Jacques a la pupille dilatée, la peau qui perle, les lèvres qui remuent. Je me suis arrêté à deux pas. Je pourrais lui sauter à la figure, je pourrais lui décocher une droite, je pourrais lui faire pisser le sang, le laisser sur le carreau, sans que les autres aient le temps d'intervenir. Les autres se tiennent à distance, ils sont venus assister au spectacle. Entre Jacques et moi un espace. Un espace fixe. Ni lui ni moi ne bougeons. Dans cet espace qui nous sépare lui et moi il y a une main, et cette main c'est la mienne. Ma main. Une main tendue. Jacques regarde sans comprendre. Je ne tremble pas. Ma main je la tends davantage. Jacques ne sait plus. Déboussolé, désemparé, qu'il est, il cherche du soutien, les collègues lèvent les épaules, ou le mettent en garde, ou esquissent un sourire, peut-être qu'ils se détournent, ne veulent pas voir, je ne sais pas. Je fixe Jacques, je vois qu'il fait un mouvement de tête, je vois qu'il fait non, qu'il ne veut pas, me serrer la main, il ne veut pas qu'on fasse la paix. Il a l'œil qui divague, le front qui s'incline, il a l'air las. Il s'est retourné, il part, Jacques va partir, le corps pesant, d'un coup marqué par une immense fatigue, habité par quelque chose de trop grand, qui l'accable, qui le plombe. Le contremaître arrive, ce n'est pas l'heure de la pause, vous allez vous mettre au boulot, et fissa, on n'est pas au cirque. Jacques ne revient pas à son poste, il ne revient pas vers les diffuseurs, il s'éloigne vers la casserie, apparaît Wanda, c'est Wanda, là-bas, elle se tient trop loin pour que j'aperçoive une expression sur son visage.

14.

Dans quel état tu es, Kurt ? On s'inquiétait, ne reste pas là, entre et débarrasse-toi de tes godasses, je vais te préparer un bain. Tu es gelé, il faudra nous expliquer. J'irai en solex jusqu'à la cité pour rassurer Wanda. J'en profiterai pour prendre des vêtements de rechange. Stanislas ? C'est Kurt ! Tu nous as fait une de ces peurs, j'imagine que tu n'as rien dans le ventre ? On était déjà couchés. On n'a pas osé avertir les gendarmes. Regarde-moi tes godasses, on n'arrivera jamais à les récupérer. Foutues. On verra pour ton pantalon et pour ta veste. On dirait que tu sors d'un fossé. Tu n'as pas bu, au moins ? Mets-toi tout nu, oui, allez, pose ça par terre, on va chercher une couverture et mettre de l'eau à chauffer dans le bac. Tu laisseras ça dans le couloir, et tu iras te réchauffer dans la cuisine. Frigorifié, que tu es. Je vais sortir la soupe. Ne reste pas planté là, Stanislas, la vieille couverture dans l'armoire de la chambre s'il te plaît. Sors-lui le pain et le beurre. Ne t'inquiète pas Kurt, Wanda va t'engueuler mais ça finira bien par lui passer. Elle va se calmer. Il ne t'est rien arrivé, tout va bien. Finis d'enlever tes habits, je reviens.

Dans le couloir, le miroir. Les mains boueuses et les bras presque propres, le sexe rétréci, les poils hirsutes, trempés, là et ailleurs la peau qui brille, la chair de poule aussi, aux genoux c'est plus flétri que d'habitude, j'ai pris un peu de bide ces derniers mois, des poignées d'amour, mon corps ne devient pas flasque, pas encore, ça viendra, ça vient, mes seins ne sont pas près de tomber, mais ils finiront bien par s'affaisser, quand ils tomberont je serai un vieil homme. Je reconnais à peine mon visage, la boue, la sueur, les traits tirés, les yeux exorbités, je ne me reconnais pas vraiment, on dirait mon père, mon père plus jeune, sorti des tranchées de la Somme, mon père fait prisonnier, il est en moi, il m'a pris par surprise. Je frotte l'endroit de la cicatrice, la cicatrice apparaît davantage, Stanislas arrive avec la couverture, j'entends Maria crier la soupe sera bientôt prête, Stanislas me dit tiens mon camarade, je m'appuie contre lui. La cicatrice sera toujours plus claire que le reste de la peau.

Devant moi, dans la cuisine, mes godasses. La soupe est bonne. Mon doigt glisse sur le bord du bol. Il n'est pas ébréché. Je prends à pleines mains la porcelaine brûlante, la porcelaine lisse. Stanislas remplit le bac de marmites d'eau chaude. Maria a finalement décidé de me préparer un bon petit plat. Soupe, pain, beurre, ça ne suffira pas, il faut qu'elle sorte la grosse artillerie. On va te remettre d'aplomb, mon garçon. Mes godasses ne ressemblent plus à rien. Elles semblent échouées sur le carrelage. Elles ressemblent presque à celles que j'ai traînées pendant des semaines, des mois, depuis l'évasion, entre les barbelés du camp, au fond de la mine. Du cuir comme bouilli par l'humidité, avachi par l'errance, mais couvert de boue, habité par l'obscurité. Du cuir triste, maigre, qui en a fini avec l'Humain. Je n'ai jamais manqué de les nourrir, de les astiquer. De les faire briller en les frottant contre le mollet. Sorte d'épaves vertes de glaise. Ratatinées. Béantes. Les semelles se font face. L'une est plus usée que l'autre. Les lacets se sont entortillés sur eux-mêmes. Où aller ? Où est-ce que j'irai encore ? Rester là, qu'on s'occupe de moi. Qu'on ne me demande rien. Je veux seulement être là. Complètement là.

Stanislas m'a rejoint sur le canapé. Avec le pouce il se frotte la paume de la main. Il appuie bien fort. Il vérifie la propreté de ses ongles, se passe les mains sur le visage. Tousse sans raison. L'occasion de m'adresser un sourire, comme pour s'excuser de casser l'ambiance. Je me suis emmitouflé dans la couverture de laine, la soupe m'a fait du bien. Le pain. Le beurre. La viande, les légumes, les petits pâtés de pomme-de-terre. J'ai eu le droit à une bière, que je n'ai pas finie. J'ai eu le droit à ce qu'on me fiche la paix. Les fourmillements dans les membres, ce n'est pas seulement l'alcool. Un peu comme quand on sort d'une grande fièvre. Abattu. Détendu. Un grand trou au-dedans. Une fosse. Mais sans peur. Mais sans angoisse.

Je fixe les mains de Stanislas sans penser à rien sauf qu'il s'agit des mains de Stanislas. Il claque des doigts, il fait mine de réprimer un rire, il désigne avec le nez le *Petit enfant qui pleure*. L'image de cet enfant ne m'agace pas, elle ne me parle plus. Une toile peinte. Voilà. Du tissu et de la peinture. Ça ne désigne pas grand-chose. À qui, à quoi ça renvoie ? Allez savoir. L'enfant. Le livre. C'est juste là, au mur. Surface sur surface. À peine. Je n'y crois plus. Stanislas a quitté son masque de clown, il a repris son air soucieux. De nouveau, il se masse la main. La main qui sert le plus à l'usine. Elle ne va pas tenir comme ça encore trente ans. De nouveau il se masse et propose que de tout ça, on en parle demain. Enfin, si je suis d'accord. Je ne suis obligé à rien. En ce qui le concerne. Il tapote le cadran de sa montre. Il est tard. Il est plus que l'heure. Demain il doit aller travailler. Tu ne vas pas travailler ? Juste pour savoir. Tu sais qu'ils cherchent un soudeur sur le port fluvial ? Tu devrais te présenter. À mon avis, ça te conviendrait.

Je veux le retenir. Je veux le retenir et parler. Ça ne sort pas. En français, pour l'heure, ça ne peut pas sortir. Si lui et moi devons discuter de tout ça, ça sera en allemand. L'allemand, Stanislas le comprend. Je vais lui dire ce qui me tracasse, ce qui me tourmente. Il est sur le point de quitter le canapé. Avant de se lever il me donne une grande tape sur la cuisse. Je crie. Je jongle. Je me tiens la jambe. Je l'insulte. On rit. On rit encore. Les rires s'estompent. Il me souhaite une bonne nuit. Bonne nuit, camarade. Je lui dis attends. Je n'ai pas envie de rester seul. Il soupire, il fouille dans sa poche, il tape sur le cul du paquet. Il en sort une, m'en propose une. La flamme du briquet. Je tire la fumée, lentement, je recrache. Tout à l'heure, tu avais l'air d'un chien errant, Kurt. Dans la fumée bleue, je lui dis que dès demain j'irai, sur les quais. Jusqu'au canal.

Le canapé avait fini par prendre ma forme. Je m'imaginais entre les façades aux briques grises et roses, entre les jardins colorés. Je m'imaginais en train de marcher seul dans la cité. Raidissant les jambes, levant le bras gauche, comme on nous avait appris. Zénon m'accompagnait, il s'était tu, il était resté en arrière. Il me regardait partir devant lui. Je faisais claquer un maximum les godillots sur le pavé, avec la gorge j'imitais le bruit d'un régiment qui traverse la ville d'un seul pas lourd et lent, et rugissant, je me marrais, je souriais, aux fenêtres, aux rideaux, des ombres apparaissaient, mes yeux brillaient, j'avais peint sur ma plus belle veste un énorme P.G., je chantais plus haut, *Jeunesse, Jeunesse, nous sommes les soldats de l'avenir, Jeunesse, Jeunesse, les porteurs des exploits à venir, oui sous nos coups s'écroule ce qui s'oppose à nous, Jeunesse, Jeunesse, nous, tes camarades, sommes à toi*, pouet pouet tralala tson tson non mais quelle belle chanson, ça déboulait dans les jardins, ça déboulait bouche bée lèvres coites, l'autre main, la droite, la pas levée, je l'agitais, n'arrêtais pas de le secouer, à tous, à droite, à gauche, je faisais signe, de gros coucous, oui c'est moi, c'est vous, pas jour de bal c'est carnaval, dommage que papa et maman n'aient pu faire le déplacement, z'auraient été fiers de leur enfant, sûrement, regarde, c'est Kurt, on peut dire que le gamin a fait du chemin, ein, zwei, drei, ein, zwei, au bout de la rue ça tournait, ein, zwei, tous sortaient, l'impression que toute la cité était sur les trottoirs, je reconnaissais les gars du tir à l'arc, à eux j'envoyais des baisers, des baisers bien mérités, depuis le temps qu'ils l'attendaient, ce moment, le moment où je me révélerais, le moment où le Nazi arrêterait de se planquer derrière le chérubin, ah ben tiens, qu'est-ce que je t'avais dit, un Nazi, un foutu Nazi, un Boche de la pire espèce, en plus complètement débile, ce Fritz de Fritz, regarde-moi ce demeuré, nom de nom, un vrai de vrai, devant Wanda je m'arrêtais, devant elle je claquais des bottes, claquement de bottes, ça dépote, l'œil vide, le menton dressé, le dos raide, la guerre se doit d'être bien mise, bien réglée, bien jolie, non mais qu'est-ce que tu fais, non mais c'est quoi ce cirque, c'est carnaval, je viens de le dire, tu pourrais suivre, je voulais grimper sur le perron, elle se reculait, je passais la porte, ils entendaient encore ma voix, de plus belle, *Jeunesse, nous sommes les soldats de l'avenir*, à m'arracher la luette, tous là, amassés devant la maison, tout au bout de l'allée, le moment d'observer le silence, d'y chercher le rythme adéquat, le moment propice, je les observais derrière le rideau, je laissais tomber la stupéfaction, je trompais l'ennemi, ils attendaient, commençaient à discuter, à s'énerver, à protester. Alors tel l'aigle je surgissais, tel l'aigle je fondais sur eux, hurlant comme la pire des bêtes féroces, certains détalaient déjà, d'autres cherchaient un abri, je hurlais BLITZKRIEG, BLITZKRIEG, ouh là, ben oui, non mais alors celui-là quel zigue.

La maison vide, la maison rien que pour moi. Mais ce n'était pas ma maison, je ne pouvais pas faire semblant. C'était la maison de Maria et de Stanislas. Le petit déjeuner était prêt, le café ne demandait qu'à être réchauffé. Je suis sorti dans la cour pavée et suis passé dans le jardin. Le potager. Des rangées de poireaux, d'oignons, de carottes, de pommes-de-terre, là du céleri, là des groseilliers, des pieds de tomates, là des fraisiers, le long de la clôture des poiriers taillés en espalier, des pommiers, tout était propre, net, soigné, pas une mauvaise herbe, la terre, riche, aérée, sur des dizaines de mètres. Je me suis avancé vers les cages à lapin, l'une des bêtes a eu un mouvement de recul. C'est vers elle que je suis allé. Derrière la maille du grillage elle me fixait, sa truffe ne cessait de remuer, de frémir. J'ai ouvert la porte, elle s'est réfugiée tout au fond. J'ai vraiment eu du mal à l'attraper, je l'ai prise par la peau du dos, je l'ai prise dans mes bras, pour lui caresser les oreilles, pour lui caresser le crâne, d'un doigt. Son cœur à cent à l'heure, comme près d'éclater. J'ai patienté, ça a été long, très long, pour qu'elle se calme. Calme-toi. J'ai tout mon temps.

Le soir je suis allé jusqu'à la gare. Le guichetier avait quitté son poste. Les aiguilles de la grande horloge n'avançaient pas assez vite, le cadran n'avait toujours pas été réparé, toujours ce trou, cette béance, cette petite fosse sur laquelle le temps semblait passer. La silhouette de Wanda dans l'embrasure. Elle tenait les portes battantes pour laisser passer Maria. Elle s'engageait sur le pavé. Il me semblait qu'elle vivait comme si je n'avais jamais existé. Ma place n'était peut-être pas à ses côtés.

Peut-être qu'elle avait attendu que je commette une erreur pour retrouver sa liberté. Peut-être qu'elle l'avait regretté, de m'avoir invité chez elle, d'avoir cédé à l'insistance de Maria. Elles arrivaient à hauteur du boulevard, j'ai encore hésité à décoller mon épaule du lampadaire. Le vertige m'a pris, je grelottais, les aiguilles de la grande horloge se troublaient, le bruit de la foule me donnait le tournis, je n'arrivais même plus à penser ce que serait une vie sans elle, en moi rien qu'un grand froid, une terre gelée qu'on aurait creusée. La veille Maria était partie la rassurer. Maria n'en avait pas cru ses oreilles. Elle était revenue blême. Elle ne s'était pas attendu à une telle colère. Mes affaires avaient été remballées dans la petite charrette, dehors, dans la courée. Wanda s'était emportée. Je n'aurais qu'à venir les récupérer. S'il pleuvait à verse je ne viendrais pas pleurer. Quand on se comporte en imbécile, quand on fait n'importe quoi, quand on préfère se réfugier chez les autres, on assume, on s'en va.

15.

Hanna m'a donné un gros baiser sur la joue, et s'est pendue à mon cou. Je voulais qu'elle arrête. Elle allait me faire pleurer. Je lui avais manqué. Elle était venue me chercher. Sa mère était bien remontée. Hanna ne savait pas trop bien pourquoi, mise à part l'histoire du curé. Elle voulait que je sache qu'elle n'y retournerait pas, au catéchisme. Ni à la messe, d'ailleurs. Elle voulait bien, elle, aller vivre ailleurs. Même si ses copines lui manqueraient. La bibliothèque. Mais enfin, on ne partait pas au bout du monde. Elle marcherait un peu plus, c'est tout. Elle avait bien réfléchi. Elle ne voulait pas que je m'en aille. Il fallait que je sache qu'elle s'était disputée avec sa mère. Si je m'en allais où est-ce que j'irais vivre ? Et elles, elles allaient finir toutes seules ? Elle avait décidé de venir jusqu'ici. Elle avait averti. Elle avait dit, je pars chez mon oncle et ma tante, je reviens avec Kurt. Sa mère n'avait rien répondu. Seulement, fais attention. Ne parle pas aux inconnus.

Hanna n'arrêtait pas. De parler, de parler. De tout et de rien. Elle aimait de moins en moins les garçons. Il n'y avait que la guerre qui les intéressait. S'ils lisaient, ils lisaient des revues sur les armes, les avions. Et quand ils jouaient, ils jouaient aux soldats. Elle ne comprenait pas. Des filles les rejoignaient, même. Elle, elle avait toujours préféré les livres. Les romans. Les histoires d'amour. Comme au cinéma. On ira toujours au cinéma ? Sa mère avait fini par rentrer mes affaires. Hier il s'était mis à pleuvoir. Elle avait quand-même hésité, et puis elle s'était dépêchée de vider la carriole. À la bibliothèque, il y avait un atlas, Hanna ne savait pas que Berlin se trouvait si loin de la frontière avec la France. En ce moment, on donnait un film qu'elle voulait absolument voir. On irait ensemble. On passe par le cimetière, pour rentrer ? Je voudrais te montrer la tombe de mon papa.

Elle dit, c'est là. Dans le caveau, il y a Léon, le premier mari de Maman, et Papa. Un jour il y aura le prénom et le nom de Maman gravés dans la pierre. Un jour il y aura le mien aussi. Pas tout de suite. Peut-être qu'il y aura le tien. Entre nous deux, entre moi et Maman. Il y aura ton prénom et ton nom. KURT HAAK. Ce n'est pas triste. Ce serait beau même. Je ne comprends pas pourquoi tu n'es pas rentré retrouver ta petite fille. Pourquoi tu m'as lu la lettre de sa maman. Mais ce n'est pas grave. Tu as sûrement tes raisons. Tu as choisi Maman, tu m'as choisie, moi. Je t'aime beaucoup. Même si tu ne seras jamais mon père. Tu es le papa d'une petite fille qui t'attend en Allemagne. Elle t'attendra toujours. Même si elle ne sait pas qui tu es. Je suis heureuse, que tu sois là, avec moi. Mais je suis triste qu'Ulrike n'ait pas de papa. Tu ne m'en veux pas de te dire tout ça ? Allons-y, Maman va croire qu'il m'est arrivé quelque chose. Que je suis tombée sur de mauvaises personnes. Donne-moi la main.

Je suis passé dans la courette. La carriole était vide. Le voisin, le petit vieux, regardait les plantes pousser, il m'adresse un large sourire. Un couple, ça n'est jamais simple, qu'il disait. Un couple, c'est du temps long, des imperfections. Il faut l'accepter. Sinon ça reste sur l'estomac. Ça bouffe l'intérieur. Ça ronge le dedans. Il tenait à me dire qu'il m'aimait bien. Et il était vraiment heureux de m'avoir pour voisin. Toutes ces histoires, dans la cité, il ne fallait pas y prêter attention. Les gens feraient mieux de balayer devant leur porte. Il se doutait que la situation n'était pas facile, le moins qu'on puisse dire. Faire abstraction des gens, le plus possible. L'autre, le curé, il se prenait pour le pape. Son influence n'était pas aussi forte qu'il le croyait. Tout ça, ça allait se tasser. Ne pas s'inquiéter. S'il y avait une inquiétude à avoir, c'était pour les fruits et les légumes du jardin. Les regarder pousser et grandir, c'était bien, les cueillir, c'était mieux. Vous ne pensez pas ? Moi et mon épouse attendons notre petit panier. Vous vous souvenez ? Allez, la petite et Madame Wanda vous attendent. Je ne vous retiens pas.

Hanna s'était déjà plongée dans ses livres. Elle agitait au-dessus de sa tête son cahier de français, en m'adressant un clin d'œil. Wanda passait de la cuisinière au buffet. Du jardin à la cuisinière. Montait à l'étage, courait jusqu'au jardin. Revenait avec des aromates. J'imagine que tu as faim. Je te préviens, je n'avais pas le cœur à cuisiner. Tu auras ce que tu auras. Hanna : Je finis ma rédaction, on mange, et après je sors, si tu veux bien. Tu veux bien, Maman ? Et toi, Kurt, tu veux bien ? Moi : S'il y a bien un endroit où je veux vivre, c'est avec vous deux. Elle : On va chercher un autre logement. Ce sera mieux pour tout le monde. Elle : J'ai parlé avec la femme de Jacques. Elle est décidée à lui faire entendre raison. Moi : D'une certaine manière lui et moi avons fait la paix. On ne va pas remuer le couteau dans la plaie. Elle : Le temps fera son œuvre. Moi : Je ne peux pas lui demander pardon, je ne lui ai jamais fait de mal directement. Elle : Tu sais bien que c'est plus compliqué que ça. Moi : J'ai choisi de vivre en France. Elle : Dans vos baraquements, vous étiez peut-être plus en France qu'ici, dans la cité. Moi : L'endroit où les Compagnies ont construit les baraques ne porte pas de nom. Les cités ont des noms. Elle : Bientôt nous vivrons vraiment en France. Hanna : Je pourrai sortir, ou pas ?

Hanna était partie rejoindre ses copines dans les rues. Elle leur annoncerait la nouvelle. Bientôt on s'en irait. Moi et Wanda étions montés dans la chambre. J'aurais voulu lui jouer *My Serenade*. Wanda. Son corps mince et lourd dans un drapé blanc et gris. La peau claire de son épaule. Une épaule si frêle, si forte. Ses cheveux relevés. Ce cou que je viens d'embrasser à pleine bouche. Cette nuque. Lisse. Si jeune. Ce dos que je caresse du dos de la main. Ces vertèbres saillantes. Ces muscles fins et robustes. Ces fesses que je tenais à pleines mains. Ces cuisses que je couvrais de baisers, entre lesquelles je me glissais. Ces mollets, leur galbe. Ces pieds fatigués, abîmes par les chaussures de ville, par les heures passées debout à la machine, à la casserie on piétine. Pieds déformés, tordus, enkystés, chiffonnés par les ampoules, les ongles se dédoublent, s'épaississent, jaunissent, plus vite que ceux des mains. Elle a les doigts fins, elle a les doigts brûlés par le sucre, la manipulation du sucre. Sa main elle la passait sur mon visage, doucement, tandis qu'elle plantait ses yeux bleus dans les miens, tandis que son sexe frottait contre mon ventre. Tandis qu'elle jouissait sur moi. Pas très fort. Presque en silence. Rester en elle, je voulais rester en elle. Sa chair sombre, douce, et vaste, et lumineuse, et profonde.

Elle s'est endormie en me tournant le dos. Je suis descendu sans faire de bruit. J'ai fermé la porte des escaliers. J'ai pris une chaise, posé la guitare sur ma cuisse. Commencé à jouer sans trop tirer sur les cordes. Jeu en sourdine. Ça risquait de la réveiller. Prendre un chiffon, le glisser entre les cordes et la caisse, près du chevalet. Jeu sec. On entend encore les notes. La mélodie. La mélodie de *Solitude*. Celle jouée par le violon dans la version de 37. Notes suspendues. Les laisser traîner, les laisser sonner. Douces plaintes, doux regrets. Et puis le solo guitare. Qui parfois fronce les sourcils, grimace. Se moque de lui-même. Avant de se libérer. Lentement. De nouveau le violon, un sourire, une tristesse qui s'ouvre, qui s'ouvre vraiment dans un dernier aigu, note tendue. Toute nue.

Lâcher la guitare, grimper les escaliers quatre à quatre, m'engouffrer dans la chambre. Je la trouve en nage dans le lit. Les cheveux en bataille, le teint pâle, ses mains agrippent. Ne desserrent plus. Dis-moi ce qu'il y a. Elle cherche quelque chose autour d'elle. Petite fille apeurée. Wanda d'un coup toute menue. Wanda d'un coup toute vieille. Elle cherche quelqu'un dans la chambre. Dis-moi ce qu'il y a. Elle : Il est monté. Je l'ai entendu monter. Elle : Je l'ai vu entrer. Il a passé la porte, il s'est avancé vers moi. Il voulait m'étrangler. Elle : Regarde bien.

Regarde bien partout. Moi : Tu as fait un cauchemar. Elle : Il allait me tuer. Moi : Le garde n'oserait même pas passer dans la rue. Elle : Il y avait un juif. Elle : Qui voulait m'assassiner. Moi : Personne ne veut t'assassiner. Pourquoi on voudrait t'assassiner ? Elle : Tu n'étais pas là. Et il n'y avait que moi. Moi : Tu n'as rien à te reprocher. Elle : Je me demande. Moi : De quoi tu serais coupable ? D'être avec moi ? Elle : On n'en a jamais parlé. Moi : On n'en parlera jamais. Moi : Si quelqu'un doit se sentir responsable, ce n'est pas toi. Tu n'as pas à porter mon fardeau. Elle : Ce n'est pas si simple. Surtout quand on est polonaise. Et catholique. Moi : Qu'est-ce que tu racontes ? Tu délires. Tu regrettes ? Tu veux que je m'en aille, c'est ça ? Je suis un poids ? Elle : Ne dis pas des choses pareilles. Il faut que tu comprennes. Tu ne vis plus tout seul. Dans ta vie, il y a moi et Hanna.

16.

Stanislas s'était chargé de trouver le cheval et la carriole. Plusieurs voyages seraient nécessaires. Il y avait là toute la famille, les proches, pas seulement. Visiblement j'étais loin d'avoir rencontré tout le monde. Je n'arrivais pas à retenir qui était qui. Hanna s'amusait de me voir perdu. Tu reconnais encore Stanislas et Maria, au moins ? Et Zénon ? Et Maman ? Et moi, tu me reconnais ? Jolie pigrette. Je me demandais si j'étais bien utile. Les meubles descendaient les escaliers tout seuls, traversaient la salle-à-manger, parcouraient à grande vitesse l'allée, les porcelaines et les cristaux de Bohème étaient soigneusement emballés dans des serviettes, j'ai même vu passer ma guitare. Wanda décrochait ses cadres. Stanislas, en chargeant le charbon qui restait dans des sacs de jute, racontait des blagues en polonais. Voilà le poste de radio. Mes disques. Ça parlait fort, ça sifflait. Les voisins stationnaient sur leur trottoir, poings sur les hanches, faisant mine de parler d'autre chose. Certains venaient. Parmi eux, ceux qui avaient colporté les pires rumeurs. Voix chaleureuses. Heureuses que l'on parte, que l'Allemand, que le Boche, que le Fritz, que le Casque-à-pointe, que le Chleu, débarrasse le plancher. Ou peut-être animées d'une bizarre affection. La même qui fait que, le combat terminé, le boxeur se jette naturellement dans les bras de l'adversaire. Qu'importe. Je leur répondais avec le plus de sincérité possible. Fin du combat. Match nul. Égalité. Je serrais bien la main, je les fixais, je leur souriais. Bonne chance à vous aussi.

Le cheval est entré dans la rue où nous allions habiter, des maisons de chaque côté, une enfilade de façades collées les unes aux autres, des maisons construites dans les années 30, de briques, inspirées de l'art de l'époque, mais simples, mais modestes. Stanislas a lâché la bride de l'animal et tout le monde s'est arrêté. Inspectant la bâtisse, la haute porte d'entrée, haute mais étroite, qui devait donner sur un couloir, les fenêtres qui éclaireraient l'étage, où se situaient les chambres, trois chambres, ça n'était pas rien. Toutes les habitations se ressemblaient mais pas une n'était semblable, chacune montrait une singularité, une personnalité. Largeur, ornementations, arcs au niveau des linteaux. Ici des faïences, le plus souvent des briques de couleur, beiges, jaunes, vertes, elles formaient des motifs. Variations sur un même thème. Toutes se faisaient face, dans un parfait vis-à-vis, mais les toitures n'allaient pas si haut, la rue était assez large, il y aurait de la lumière. Non vraiment ici on serait bien. On ne s'était pas vraiment éloignés de la gare, le canal se trouvait à deux pas. Oui, ici vous serez bien.

Passer la main sur l'encolure, sur le chanfrein, faire chanter le cuir de mes caresses, le muscle claque sous la paume, un animal massif, aux jambes rustiques, solides. L'animal est beau. Il me repousse de l'encolure, sans brusqueries. Il veut que je le laisse en paix, il veut que je le respecte. Stanislas dit qu'on ne le fait pas travailler souvent. Parfois il laboure, il porte, il tire. La plupart du temps il reste dans son enclos, une belle prairie. Il a la belle vie. Il est là de toute sa masse, de tout son souffle, puissant, ses naseaux humides. Rien que totalement présent au monde. Bien campé sur ses quatre pattes. De tous ses membres. Il n'est plus si jeune. Il n'a pas l'air malheureux. Il paraît tranquille. Hanna le caresse aussi. Elle dit qu'il ressemble presque au cheval qui tirait le cercueil de son papa. Au cheval qui avait amené son papa à sa dernière demeure. Celui aux œillères argentées. Son papa avait enfin cessé de souffrir. De s'asphyxier. Je demandais à Stanislas si ce cheval avait un nom. Évidemment oui, mais il ne le connaissait pas. Hanna voulait monter dessus. Alors je l'ai portée. L'animal a laissé faire. Hanna a fini par se laisser aller. Elle s'est allongée sur la crinière, les mains sur le garrot. Elle me regardait. Elle a dit, si personne ici ne sait comment il s'appelle, je vais lui donner un nom.

De retour dans la cité. Zénon m'embrassait, me tapait sur l'épaule. Retenait ses larmes. Comme si je partais pour Vladivostok. On se calme, camarade. Aide-nous pour le deuxième chargement. Tes mains serviront à quelque chose. Viens-là, espèce d'idiot. Les voisins de la maison à deux ménages étaient sortis, les petits vieux. Elle, c'était exceptionnel. Tout son corps incliné, qui reposait sur une canne. Ah non mais vous n'allez pas vous y mettre aussi. Je sais bien qu'on ne sera plus voisins, mais tout de même. Le petit vieux a fait deux pas, et il a pris mon visage entre ses mains. M'a un peu secoué. Ses yeux tremblaient. Il m'a embrassé sur le front. Il a laissé ses petites lèvres bleuâtres collées. Vous me ramènerez un panier quand vous pourrez. Et on s'assoira là, sur le petit banc, sous l'arc de lune. Et on restera l'un à côté de l'autre. On n'aura pas besoin de parler. J'aime quand vous êtes là. Ne l'oubliez pas. Ma porte vous sera toujours ouverte. Tout va bien se passer, vous verrez. Zénon a sorti une cage de je ne sais où. Et dans la cage il y avait deux pigeons. Un pigeon, une tourterelle. Il a dit prends. C'est pour toi. Moi : Mais qu'est-ce que tu veux que je fasse de ça ? Lui : Pour que ça roucoule deux fois plus chez toi. Moi : Je n'en veux pas. Lui : Maintenant tu as un chez toi. Tu l'as choisi. Lui : Un jour tu retourneras à Berlin, mais tu reviendras. Lui : Tu as choisi tes murs. Tout ira bien. Moi : Tu mériterais que je te les fasse bouffer, tes pigeons. Lui : Tu en fais ce que tu veux, ce sont les tiens à présent.

La famille et les autres avaient prévu qu'on fasse un grand repas. Histoire d'inaugurer les murs. Ils s'étaient imaginé ramener du pain, de la charcuterie, du fromage, du vin, de la vodka, des pâtisseries, Stanislas retournerait chercher son violon, on chanterait. Wanda avait dit non. Elle avait dit ce soir c'est Kurt, moi, et Hanna. Ça n'avait pas vraiment plu à Irina. C'était de cette manière qu'on les remerciait ? Wanda lui avait répondu qu'elle n'avait pas à se justifier. Et que si elle réfléchissait deux secondes, au lieu de hurler à la mort, elle comprendrait. Et Wanda avait fait les gros yeux, un mouvement de tête dans ma direction. Ce soir, c'est Kurt, moi, et Hanna. Laisse-nous entrer dans nos murs. Dimanche prochain on fera un beau repas. Et on ira chercher les vieilles tantes. Ils ont prévu beau temps. On tirera les tables dans la cour, on dansera au soleil. Ce sera une belle journée. Mais cette soirée n'est pas la vôtre. Maria a pris mon bras, puis le bras de Wanda, elle a embrassé sa belle-sœur sur la joue. Et dire, qu'il n'y pas si longtemps, tu ne voulais plus en entendre parler, de ton Allemand.

Le soir dorait les murs. On entendait Hanna courir dans les escaliers, à l'étage, passer d'une chambre à une autre.

La nôtre, la sienne. De la troisième chambre, on ferait on ne sait quoi. Sans doute un endroit où l'on laisserait dormir les souvenirs, les souvenirs rêver, jusqu'à ce qu'on les sorte de leur sommeil, un jour, un jour lointain, pour que le passé revive, peut-être, pour, une fois le bel âge passé, redonner de la matière à l'existence, quelque chose comme ça. Redonner de l'épaisseur à notre vie, une belle surface, sinon un sens. Recoller les morceaux. Les pans de mémoire. Se faire son petit cinéma. Son roman-souvenirs. Toujours en mouvement, toujours changeant. Revisité. Comme un classique de jazz. Dans cette chambre que je déposerai la boîte en fer blanc. À coup sûr, c'est là que ma guitare prendrait la poussière. Wanda était d'accord, elle trouvait que c'était une bonne idée. Elle y mettrait ses cadres, dans cette pièce. Les portraits de Léon et de Jean. Les scènes de mariage. Nous, jamais on ne se marierait. Par contre, elle imaginait les photos de ses parents accrochées dans le salon, le salon ce serait la pièce qui donnait sur la rue. À côté de ces portraits, on mettrait la photo que Stanislas avait prise dans le jardin, la photo où je figurais. Où figurait Kurt Haak. Menton dressé, engoncé dans sa chemise blanche boutonnée jusqu'au col, la mèche bien sur le côté, les épaules raides, le visage trop dur, la mâchoire trop serrée. Wanda, Hanna, Maria, Stanislas, Irina, et les autres, rayonnaient. Mais je l'aimais bien cette photo prise depuis le bout du potager. Je n'avais plus peur. Désormais je vivais chez moi. Chez moi. Voilà. J'ai dit oui à Wanda. On a déambulé dans la maison une bonne partie de la soirée, chacun de notre côté, dans un silence complice.

Dans la salle-à-manger trônait un poêle en fonte et à l'émail noir. Plus jamais je n'aurais froid. Une fenêtre parfaitement ajustée et mastiquée donnait sur la cour, les soirs comme ce soir-là, je pourrais laisser la lumière glisser sur mon visage. Partout les murs montaient haut. On les tapisserait de beige, de motifs floraux. On respirerait. Calmement. La gazinière avait trouvé sa place. Elle n'était pas contre une porte qui donnait chez les voisins. Il y avait une cuisine à part. Là qu'on se laverait aussi. Qu'on mangerait tous les trois. Qu'on se ferait beaux pour aller au boulot, bien propres, bien nets, bien mis. Les autres avaient laissé beaucoup trop de nourriture. Pour un régiment. Je n'aurais plus jamais faim. J'aurais toujours de beaux vêtements. Avec l'aide d'Hanna je parlerais un français impeccable. Avec une pointe d'accent, que je conserverais. Comme une coquetterie. Un détail de dandy. Mais dandy ouvrier. Je continuerais à me raser de près. Sur la petite table en bois de la cuisine, on déjeunerait, on dînerait, là aussi que j'empilerais mes cahiers. Enfin, si je continuais à parier sur les chevaux. L'envie m'était passée.

Wanda a demandé si on allait se coucher. Nous nous sommes glissés sous les draps. Nous avons remonté les draps sur nos corps. Nos corps chacun de leur côté. Nous n'avons rien dit. Nous avons souri. Hanna a crié bonne nuit depuis sa chambre. Bonne nuit, Hanna. Wanda et moi nous sommes embrassés. D'un petit baiser sur les lèvres. Nous ne nous quittions pas des yeux. Elle a demandé, je peux éteindre ? J'ai demandé, à peine arrivée tu veux déjà disparaître ? J'ai demandé, petit oiseau tu veux venir dans mes bras ? Elle a dit, si tu veux allez pourquoi pas. J'ai dit, ne reste pas avec tes mains sur ton ventre, mets-les sur ma poitrine. Viens là. Colle ta joue. Contre ma poitrine. Comme ça.

17.

Wanda partait plus tôt que nous. Hanna tenait à me préparer le petit déjeuner. D'accord pour cette fois mais maintenant ce sera à moi de m'occuper de toi. La cuisine sentait bon le café frais, la mie de pain, le miel et le beurre. Je piochais dans la boite de sucres en morceaux. Dans la bouche le sucre fondait. Avant de partir il fallait qu'elle me récite sa leçon de grammaire. On vérifierait son cartable. Si elle n'avait rien oublié. Elle croquait dans sa tartine. Ses yeux bleus clairs, ses bouclettes blondes. Son visage pâle mais lumineux. Les murs étaient épais, l'enduit lisse. On pouvait passer la main dessus sans s'égratigner. Poser la paume dessus, sentir l'épaisseur. Nous allions vivre comme protégés. Comme à l'abri. Nous allions vivre ici. Elle : On a un vrai *chez nous*. Moi : On n'est pas propriétaires. Mais, oui, un *chez nous*. Elle : L'institutrice nous entendrait, elle piquerait une crise. Elle : Il va falloir qu'on travaille ton français. Moi : Avec toi je suis certain de progresser. Elle : Tu vas voir, je ferai de toi un romancier. Moi : Moque-toi. Le français, je serai mort avant de savoir simplement le parler. Elle : Alors qui racontera ton histoire ? Moi : Je veux vivre. Ce sera déjà bien assez.

Le canal, sa surface. Surface paisible et mouvante. À chaque fois que je relevais mon masque de soudeur, l'eau lourde et sereine. À la pause je déposais mon matériel et m'installais à la proue de la péniche. Les rives partaient droit devant, s'écartaient, se rétrécissaient. La Scarpe sinuait vers l'est, remontait vers la Belgique. Calmement. Sur son eau se reflétaient les images des deux rives, sans distinction. Que saules et frênes se dressent d'un côté ou de l'autre, troncs et frondaisons y trouvaient leur reflet. Il n'était pas très loin, l'endroit où l'on avait repêché le corps de Zinzin. Mes nouveaux camarades de travail se souvenaient, un peu. De ce pauvre type. Emporté par les événements. Et puis laisse donc tout ça au passé, Kurt. À chaque jour sa peine. Profite donc du paysage.

La journée de travail terminée, rentrer à pied, saluer les gens du quartier, sortir mes clefs, redécouvrir le long couloir, redécouvrir la salle-à-manger, la cuisine. Se débarbouiller la figure au gant de toilette, ne pas lésiner sur le savon. La peau fait le bruit d'un masque, le nez se débouche au contact de l'eau. La sensation de frais. Ouvrir la porte qui donne sur la cour, sortir une chaise, une cigarette. Bien se caler, laisser la chaleur pénétrer la chair. La chaleur du petit soleil. Contempler le grand mur de briques chaulé. Mes pensées qui vagabondent, comme devant une belle et grande page blanche. Sur la chaux les ombres flânent, divaguent, improvisent. Un petit vent longe l'allée et vient à moi. Il a traversé le long jardin, et bruissent les feuilles des fleurs, les fleurs des plantes. Du boulot, le jardin en demandera, mais ça n'est pas pressé. Il sera toujours temps de sortir les outils de la remise. Tout à l'heure. Demain. On verra. Il n'y a que moi pour décider. Je me masse la cuisse à pleine main. Les masses vertes et odorantes jusqu'au bout de l'allée s'animent. De nombreux rosiers. Clairs. Points de lumière. Inspirer la fumée bleue à pleins poumons. Jusqu'à en pleurer. Jusqu'à m'arracher un rire.

Je me lève, regarde la cage, le pigeon et la tourterelle. J'ouvre la porte. Les oiseaux ne bougent pas. Te voilà en paix, Kurt. Kurt Haak. En paix. Six fois par semaine tu feras la route entre ici et le port fluvial. Quand nécessaire tu passeras chez le petit commerçant. Rien de plus. Pas d'escapades. Le dimanche vous sortirez, vous irez au cinéma. Voir quoi ? Qu'importe. Le matin tu seras monté sur ton vélo, et tu seras passé par la pâtisserie acheter des gâteaux. Wanda n'aura pas toujours le courage de faire une babka. Parfois vous irez dans la famille, parfois la famille viendra. Souvent vous vous baladerez le long du canal. Vous descendrez la Scarpe. Chaque jour, tu emprunteras les mêmes routes. Tu seras bien. Tu n'auras plus qu'à être. Enfin.

18.

Dans notre rue habitait un Allemand. Qui lui aussi avait rencontré quelqu'un. Une Française, pour le coup. Que lui et moi venions du même pays, je ne l'ai pas su tout de suite. Il n'adressait jamais la parole à qui que ce soit. Sans cesse ses lèvres remuaient, il murmurait, comme pour dissimuler un secret. On le voyait sortir de chez lui à n'importe quelle heure du jour ou de la nuit. Qu'il pleuve ou qu'il fasse grand beau, il portait une casquette en cuir doublée de laine qui couvrait ses oreilles. Son manteau n'était pas moins épais. Il portait des bottes de soldat américain. Et cavalait. Comme si chaque seconde comptait. Que ça pressait. Son talkie-walkie ne le quittait jamais. Une relique de notre armée. À tous les coups lui aussi avait décidé de rester. Lui aussi avait été capturé dans la région. Lui aussi était resté prisonnier après la guerre. Lui aussi avait été TCL. Il m'était inconnu. Il m'était étranger.

Il remontait la rue, conversait avec on ne sait qui, avec personne. Je le suivais, la plupart du temps il escaladait le pont et s'excitait quand un train de marchandise passait. D'un coup il criait, dans son talkie-walkie. Hurlait. À s'étrangler. En allemand. Il se pensait en mission, il pensait surveiller l'arrivée des alliés. Assurer la sécurité des mines. Les trains, c'était les Anglais, les Américains. C'était les Russes. À chaque fois il braillait qu'il fallait mobiliser les troupes. Ça urgeait. Le danger était réel. La Nouvelle, la Grande Allemagne était en danger. Comment ils allaient pouvoir s'en tirer ? Il paniquait. Courait à droite à gauche. D'un côté du pont l'autre. D'une rambarde l'autre. Les gens à vélo ralentissaient. Les chevaux tentaient de se cabrer. Les gendarmes ne voulaient pas s'en mêler.

Le jour où il sauté depuis le pont pour finir sous la locomotive, je n'étais pas là. Dans la rue personne n'en a parlé. Sa femme a accroché un crêpe noir sur la porte d'entrée. Elle ne sortirait que pour aller chez le commerçant. Acheter le strict nécessaire. Un jour on ne l'a plus vue. On n'a jamais posé de questions. La porte ne s'est plus ouverte. De nouveau, dans la rue, on a entendu les sabots. Le bruit des roues. Derrière la vitre, le cheval aux œillères argentées. On chargeait le corps. J'ai pris mon manteau. Chaussé mes souliers vernis. Je suis resté debout, au beau milieu de la salle-à-manger. Wanda m'a demandé ce que je faisais. Je me préparais. Déjà l'autre fois j'aurais dû y aller. Il n'y avait personne à l'enterrement. Hormis les fossoyeurs.

J'ai fermé la porte derrière moi. Rien que le cliquetis de la serrure. J'ai défait mon écharpe pour mieux la croiser. Boutonné mon manteau. Glissé les mains dans les poches. Desserré les poings. Autant que faire ce peut. Ne pas trop rentrer la tête dans les épaules. Jeter un regard au cocher. Lui adresser un mouvement de tête. Il acquiesce. Comme si c'était entendu. Le claquement des sabots dans la rue vide. Je marche derrière. La chaussée paraît se rétrécir. L'air se charge de brume. Les façades se déforment. Les murs. Les lignes se troublent. Les roues grincent sur le pavage. Le fer des sabots cogne. Les chocs s'enchaînent, se perdent en échos. S'étouffent. Le cercueil est petit. Les morts sont petits. Ils ne prennent pas tant de place. Ils se font vite oublier. Toujours personne aux fenêtres, sur les paliers, sur les trottoirs, personne. Rien que ce petit convoi. Chargé d'unir à nouveau cette Française et cet Allemand. Cette femme et cet homme. Le cocher ne bouge pas. Il conduit. Le dos affaissé, la nuque molle, le chapeau de travers, il tressaute. Nous avançons lentement. Je regarde mes chaussures. Je m'arrête pour frotter le cuir avec un mouchoir. J'allume une cigarette. Je remonte mon col. Je me passe la main sur le visage. La voiture, le cocher, et le cheval s'éloignent. Je me retourne. Et je la vois. Elle. Wanda. Qui me rejoint.

REMERCIEMENTS

SONT PARUS DE YANNICK KUJAWA

Aux Éditions Le Bateau Ivre

Elle dit, 2016

Chez d'autres éditeurs

Somme, Éditions Henry, 2012

D'un Constant l'autre, Microcosme Éditions, 2011
(épuisé)

SONT PARUS AUX ÉDITIONS LE BATEAU IVRE
DANS LA COLLECTION VERT NUIT

JACQUES PERRY

Vie d'un païen, tome 1

La Beauté à genoux - Vie d'un païen, tome 2

La Peau dure - Vie d'un païen, tome 3

L'Enchêné

Nô

Bel et moi

FRANÇOISE SOLDANI

Des Chemins sur la mer

YANNICK KUJAWA

Elle dit,

YVES CHARNET

Dans son regard aux lèvres rouges

HANS LIMON

Déchirance

Imprimé en Allemagne
pour le compte des Éditions Le Bateau Ivre
37 rue Anatole Le Braz, 22700 Perros Guirec
ISBN : 979-10-92622-38-6
Dépôt légal : 1er trimestre 2018
Réalisation : LBI
N° d'édition : 18V01